새드 보이

새드 보이

발행 | 2021년 10월 20일

지은이 | 한은희
발행인 | 신중현
펴낸곳 | 뜻밖에
출판등록 : 제25100-2021-000005
주소 : 대구광역시 달서구 문화회관11안길 22-1(2층)
전화 : (053) 522~0700　팩스 : (053) 554~3433
이메일 : book0700@naver.com

ISBN _ 979-11-974694-1-1　43810

새드 보이

한은희 청소년 소설

뜻밖에

청소년의 고민과 고통에 우리 모두가 귀를 열고 마음을 기울였으면

청소년은 반항하고 저항하는, 인간 발달 단계의 한 시기인 사춘기를 거치면서 어른이 된다. 그러나 어떤 청소년의 거센 반항과 저항은 그 부모가 무심코 한 말에서 비롯된 거라면, 그래서 부모의 그런 부주의가 청소년의 일탈과 비행을 초래한 거라면 어떨까.

'상처 없는 영혼은 없다', '풀잎에도 상처가 있다'는 말로 우리는 돌출하는 청소년을 다독이고 위무하지만 그들의 가슴 깊은 곳에서 용암처럼 들끓는 의문 부호들을 식히고 가라앉히기에는 역부족인 측면이 있다.

특히나 청소년기는 자신의 미래를 설계해 나가고 자존감을 키워 나가야 하는 중대한 시점인 점을 상기해 보면 부모들은 말 한마디 행동 하나에도 혹시 가시가 숨겨진 건 아닌지, 먼저 준 상처를 덧나게 하는 건 아닌지 성찰하고 또 성찰해야 할 것이다.

한 할리우드 유명 영화감독 겸 시나리오 작가가 얼마 전 모 인터뷰에서 털어놓은 말은 이 소설이 건네는 메시지와 그 맥을 같이한다.

그는 어린 시절과 무명 시절 자신의 '글쓰기'에 대해 어머니가 모욕을 주고 험한 말을 쏟아낸 것을 지금까지 결코 잊은 적이 없으며, 어머니를 위해서는 한 푼도 쓸 계획이 없다고 잘라 말했다. 그러면서 "당신들이 자녀들을 대할 때 한 말들은 언제나 그 결과가 따른다"고 강조했다.

그의 개인사를 우리가 일반화할 수는 없을 것이다. 하지만 반면교사로 삼아 교훈을 얻을 수는 있다.

이 소설은 세상 모든 일에 관심을 끊고 친구 하나 없이 오로지 '잘 죽기 위해' 하루하루를 살아내고 있는 중3 경온이라는 아이에 관한 이야기를 담고 있다. 경온이는 학교 앞 원룸에 살면서 유일하게 이모하고만 소통을 한다. 부모가 엄연히 있지만, 부모하고는 일체의 연락을 거부하면서 거리를 두고 사는 아이다.

경온이의 삶을 따라가다 보면 소리 없는 처절한 외침이 들릴 것이다. ‘죽음’ 을 숙명처럼 받아들이고 살지만 ‘살고 싶다’ 는, ‘도와달라’ 는, ‘이대로 죽을 수는 없다’ 는 비명 말이다. 도자기같이 깨지기 쉬운 청소년의 고민과 고통에 우리 모두가 귀를 열고 마음을 기울였으면 하는 바람을 녹여 이 소설을 썼다.

2021년 10월

청소년문학가 한은희

■ 차례

딱한 중딩의 삶

말도 안 돼. 내가 왜 여기 있지?

사방이 칠흑같이 캄캄하다. 더는 한 발자국도 내디딜 수 없는 어둠의 터널에 갇혔다. 어디로 가지. 어디로 가야 길이 나오는 거야.

한 줄기 빛을 찾아 두리번거리는데 어디선가 무슨 소리가 아스라이 들린다. 처음에는 잘 모르겠더니 점점 또렷해진다.

훈아, 민경훈!

싫어, 그 이름. 누구야? 누군데 그 이름을 함부로 불러.

바람처럼 나타난 목소리의 주인은 얼굴이 없다. 몸의 형체만 허수아비처럼 건들거리고 있는 그 사람이 다시 목소리를 낸다.

민경훈….

울음이 툭 터진다. 정말 참을 수가 없다.

죽기보다 듣기 싫은 이름을 부르고 그 이름을 알고 있는 당신, 누구야?

어느 순간, 얼굴도 없고 목소리도 낯선 그 허수아비 인간이 엄마로 휘익 변신한다.

엄마였어. 내가 다신 그 이름으로 날 부르지 말랬잖아. 난 경온이야, 민 · 경 · 온이라고, 으흐흐~흑.

내 울음소리에 놀라 눈을 번쩍 뜨니 아침이다. 흐느낌의 잔상이 귀울림으로 남아 꿈인데도 가슴이 마구 벌렁거린다. 요즘 들어 부쩍 이런 꿈을 자주 꾼다. 엄마와 관련된 비슷비슷한 꿈들.

오랫동안 쓰지 않은 또 하나의 내 이름. 집에서, 가족들만 불렀었던 민경훈.

뜬금없이 왜 그 이름이 꿈에 등장했던 걸까. 모르겠다.

핸드폰을 켰다. 9시 45분, 토요일.

문자가 한 통 와 있다. 이모에게서 온 문자다.

「경온아, 생일 축하해. 그런데 네게 선약이 있었다니 내가 한 턱 내려던 건 다음 기회로 돌리자. 그리고 나 오늘 네 엄마한테 가는데 넌 언제 같이 가 볼래? 좋아, 좀 더 기다려 줄 테니까 가고 싶어지면 언제라도 말 해. 그럼 또 연락하자. 해피 버스데이 투 유~♡」

이모는 씩씩한 사람이다. 엄마하고는 많이 다르다. 성격도 외모도 닮은 데가 별로 없다. 그래서 그런지 이모는 대하기가 편하다. 논술학원을 하고 있는데 꼬장꼬장하지 않고 체구가 작은데도 운동 마니아다. 아마 오늘 같은 날도 20킬로 배낭을 메고 어딘가로 산행을 떠날 거다.

- 나 오늘 네 엄마한테 가는데 넌 언제 같이 가 볼래? 좋아, 좀 더 기다려 줄 테니까 가고 싶어지면 언제라도 말 해.

이모가 보낸 문자가 머릿속에서 떠나지 않는다. 하지만 지금은 아니다. 그리고 언제가 될지 나도 모르는 일이다.

10시가 다 돼 그런지 자꾸 뱃속에서 경고음을 울려댄다. 민생고부터 해결해야겠다. 한데, 오늘이 내 생일이니 미역국 정도는 먹어줘야 내 인생에 대한 예의일 거 같다. 맞아, 그게 좋겠어.

길모퉁이 편의점 문을 밀고 들어섰다. 즉석미역국, 즉석밥 같은 건 식사대 앞 매대에 있다. 매대로 다가가자 식사대가 보였다. 그런데 거기에서 익숙한 뒷모습의 여자아이가 컵라면을 먹고 있다. 기모연.

쯧쯔, 딱한 중딩의 삶이라니….

모연이도 나처럼 원룸 사는 아이다. 같은 원룸 같은 층에 산다. 1학년 때 같은 반이었다. 나 또한 사연 많은 애지만 모연이도 말 못 할 사연이 있으니 이런 데서 이러고 살겠지.

발자국 소리에 모연이가 무심코 휙 돌아봤다. 나를 보고 조금 놀란 듯했지만 금세 태연해져 다시 컵라면으로 코를 박는다. 나도 모르는 체 미역국과 밥을 찾아 들었다.

서둘러 편의점을 나와 원룸을 향해 걸었다. 편의점에서 백 걸음도 안 되는 데 있는 학교 앞 원룸이다. 오늘따라 '혜윰누리' 라는 간판이 도드라져 보인다. 하얀색 바탕에 진하고 까만 고딕체로 써 있어서 더 그런 거 같다.

그때 원룸 현관이 열리면서 동수 형과 기주 형이 달려 나왔다. 그러고는 나를 지나쳐 도로 쪽으로 쏜살같이 뛰었다. 두 형은 우리 중학교와 같은 재단인 고등학교에 다닌다. 두 학교는 한 울타리 안에 있어 얼굴 정도는 서로 알고 지낸다. 특히 형들처럼 사고를 자주 치는 고딩은 으레 이름이 나 있기 마련이니까.

형들은 얼마 전부터 우리 원룸을 드나든다. 사는 건 아니고, 나하고 모연이가 살고 있는 3층 306호를 쓰는 박윤우 방을 제 집처럼 드나든다. 중딩과 친구 먹은 고딩. 아리송한 관계지만 뭐, 나하고는 상관없다.

하지만 형들이 윤우 방에서 나와 저렇게 허둥지둥 달아나는 걸로 봐서는 좋은 관계는 아닌 게 틀림없다. 현관 앞으로 다가서는데 이번에는 윤우 할머니하고 윤우가 밖으로 나왔다.

그러고는 형들이 사라지는 모습을 뻔히 지켜봤다.

나를 본 윤우가 슬며시 할머니 뒤로 가서 섰다. 나랑 눈이 마주치는 게 싫어서겠지. 윤우하고는 2학년 때 같은 반이었다. 윤우는 3학년 2학기 개강하면서 우리 원룸으로 들어왔다. 4개월짜리 계약이라는 소문이니 겨울방학과 함께 원룸에서 나가는 모양이었다.

윤우 할머니가 뒤에 선 윤우를 돌아봤다.

"재들은 고등학생 같은데, 아니냐?"

"맞아요, 고등학생 형들이에요."

할머니 목소리가 커졌다.

"그런데 재들이 왜 네 방에서 나와?"

"……."

"봐라, 네가 그렇게 오지 말라 해도 오늘 내가 갑자기 들이닥치길 잘했잖아. 너 요즘 재들하고 어울리느라 노는 날이 돼도 이 핑계 저 핑계 대면서 큰집에 안 왔구나. 설마 너 재들이랑 여기서 같이 사는 건 아니지?"

윤우가 세차게 도리질을 했다.

"아녜요, 절대!"

그러면서 왜 넌 안 들어가고 거기 서 있어? 하는 듯 눈에 힘을 잔뜩 주고 나를 봤다.

할머니를 밀치고 안으로 들어갈 수 없어 잠시 기다려 준 거

뿐인데 억울하게 돼버렸다. 내가 살짝 비위 상한 얼굴로 다가서자 윤우가 할머니를 뒤로 잡아당겼다. 할머니가 몇 걸음 물러섰다.

301호 내 방으로 들어서자마자 전자레인지에 밥부터 데웠다. 그러고 나서 미역국을 데워 거기에 말았다. 밥을 두 개 사오길 잘했다. 하나로는 허기가 채워지지 않을 거 같더니 역시 옳았다.

배가 그득해지자 비로소 마음의 평화가 왔다. 이제 머리도 좀 제대로 돌아가는 기분이다. 책상 앞에 앉아 어젯밤 마무리 지은 시놉시스를 펼쳤다. 단편소설을 쓰기 위한 시놉시스다.

나는 소설가가 되려고 한다. 아니, 소설가가 될 거다.

중학생이 되면서 마음먹은 일이다.

초등학교 졸업식을 앞두고 두 편의 영화를 봤었다. '신과 함께-죄와 벌', 그리고 애니메이션 '코코'.

신과 함께-죄와 벌을 보면서는 죄를 짓는 일은 하지 말자고 결심했다. 코코를 보고 나서는, 이승에서의 지위와 신분이 저승으로 이어지니 꼭 존경받는 직업인이 되어야겠다고 생각했다.

그래서 존경받는 직업인이 되려면 어떻게 해야 하나 곰곰이 생각해 봤는데, 내가 잘할 수 있는 일이 있었다. 바로 글 쓰는 일이다. 공부를 뛰어나게 잘하는 것도 아니고, 운동으로 두

각을 나타내는 것도 아니고, 노래나 춤이 월등한 것도 아닌데, 다행히도 책을 많이 읽다보니 글 쓰는 게 자연스러워진 거거든.

지금까지 여섯 편의 단편소설을 썼고 모두 '내 작품' 파일에 고이 저장돼 있다. 그리고 이번에 쓸 소설은 제목이 '안녕, 내 친구 사막여우' 다. 이 소설은 제목부터 내 마음에 쏙 든다. 그래서 제목만 봐도 설레고 가슴이 콩닥콩닥 뛴다.

노트북 전원을 연결했다. 그런데 뭐지? 컴퓨터가 먹통이다. 먹물처럼 새까만 액정화면이 아예 꼼짝을 않는다. 분명히 지난 밤 잠들기 전까지 썼던 컴퓨터고, 당연히 순서대로 꺼놓았는데 이런 일이 생기니 진짜 황당하다.

한동안 전원 버튼과 씨름을 하다가 컴퓨터를 들고 방을 나섰다.

컴퓨터 수리점은 작은 골목을 사이에 두고 편의점과 마주보고 있다. 그러니 도로변 오른쪽 모퉁이에는 편의점이, 왼쪽 모퉁이에는 컴퓨터 수리점이 있다. 둘 다 원룸에서 거리도 비슷하고 나에게는 생필품처럼 꼭 필요한 가게들이다.

컴퓨터 수리점 아저씨는 우리 원룸 302호, 그러니까 내 바로 옆방에 산다. 아저씨도 내가 벽을 사이에 두고 사는 애라는 걸 안다. 그래서 내가 컴퓨터를 맡기러 가면 싱긋이 웃으며 아는 체한다.

문을 미는데 숙취 냄새가 훅 끼쳤다. 아저씨는 이게 문제다. 내가 알기로 하루도 술을 안 마시는 날이 없다. 올 때마다 가게 안에서 이런 삭은 홍시 냄새가 코를 찌르고 그럴 때마다 폐가 썩을 거 같았는데 오늘도 그렇다.

그러나 그런 점만 빼면 아저씨는 꽤 괜찮은 사람이다. 컴퓨터 전문가고 친절한 데다가 말 한마디를 해도 명언 같은 좋은 말을 곁들이는 박학다식한 면이 있다.

컴퓨터를 고치고 있던 아저씨가 나를 보더니 손을 번쩍 들어 보이며 반겼다. 그런데 내가 손바닥으로 코를 감싸고 있는 걸 보더니 당황한 얼굴로 재빨리 두 손을 쭉 뻗어 컴퓨터를 받아들었다.

"먹통이에요, 갑자기 그래요."

"알았어, 가봐. 전화할게."

아저씨는 앉은 채로 의자를 뒤로 쭉 밀어 나하고 거리를 두고서 말했다. 시선도 딴 데를 향하고 있었다. 창피한 모양이었다.

생텍쥐페리의 '어린왕자' 속 '술주정꾼' 처럼.

그래, 아저씨도 술을 마시는 게 부끄러운 걸 잊으려고 날마다 술을 마시는 건지도 몰라.

불쾌한 자식들

"먹통 노트북 맡겼지?"

아저씨 전화를 받고 신이 나서 쪼르르 달려 나갔다. 맡길 때만 해도 오늘 내로만 고쳐주면 좋겠다고 생각했다. 내일이나 돼야 찾을 수 있다면, 주말 이틀을 그냥 날려버리게 되는 거니 나로서는 최악의 시나리오인 셈이다.

그런데 겨우 두 시간 남짓 됐을까. 찾으러 오라는 전화가 왔으니 신바람이 날 수밖에.

한걸음에 내달아 문을 밀고 들어섰다. 이번에는 라면 냄새가 먼저 나를 반겼다. 숙취 냄새보다는 백배 천배 낫다. 아저씨가 허허, 웃으며 일어나 내 노트북을 찾아들고 옆으로 와서 섰다. 아까는 죽을상을 하고 있던 아저씨 얼굴에 훨씬 생기가 돈다.

"벌써 다 고치셨어요?"

칭찬으로 들렸는지 아저씨가 뻐기듯 어깨를 으쓱했다.

"최고의 것을 기대하면 반드시 최고의 것이 너에게 일어나는 법이지."

말의 초점이 조금 어긋나긴 했지만, 아저씨 마음은 알겠다. 나는 그저 씨익 웃어 보이면서 컴퓨터를 받아들었다.

수리점을 나와 편의점 길 건너편에 있는 맥도날드로 가고 있다. 주말이면 나는 거의 거기에서 시간을 보낸다. 글도 쓰고 책도 읽고 그러다가 지치면 게임을 한다. 노트북과 시놉시스 노트만 챙겨 가면 하루가 후딱 지나가 버린다.

내가 거길 찾는 이유는 간단하다. 아무도 나한테 관심을 안 가지니까. 관심은커녕 누구 하나 왜 빨리 안 나가느냐, 달랑 그거만 먹고 죽치고 있느냐고 눈치를 주지 않는다. 정말 멋진 공간이다.

1층에서 상하이버거 세트를 받아들고 2층으로 올라간다. 주말인데도 조용하다. 시끌시끌한 분위기라도 상관없지만 한산하면 글 쓰는 데는 더 낫다. 구석진 자리로 가 짐을 내려놓고 앉았다.

도로 쪽에 있는 구석 자리라 고개를 왼쪽으로 돌리면 편의점 안이 훤히 보인다. 밤이 깊어지면 더욱 환하게 보인다. 그리고 원룸을 드나드는 사람도, 컴퓨터 수리점에 아저씨가 앉아 있는 거까지 싹 다 보인다.

이건 비밀이지만, 글 쓰다가 지칠 때면 기지개를 켜고 한동안 탐정처럼 그곳들을 지켜보면서 시간을 보내기도 한다.

자, 이제 노트를 펼쳐야겠다. 시놉시스를 보면서 햄버거를 먹을 거다. 참, 본문을 쓰기 전에 먼저 사막여우에 대해 알아봐야 한다. 사막여우가 뭘 먹는지, 어떤 환경에서 사는지, 키우는 방법은 어떤지, 또 가격은 얼마나 하는지.

내 소설 주인공은 사막여우를 키우고 싶어 하는 여자아이인데 뮌하우젠 증후군을 앓고 있다. 그러니 뮌하우젠 증후군에 관한 지식도 필요하다. 컴퓨터부터 켜고 검색 엔진에 사막여우를 친다. 그러자 수많은 이미지와 지식백과, 뷰, 뉴스가 나타난다.

첫 문장이 중요하다. 강렬하고도 인상적인 첫 문장으로 시작해야 독자의 이탈을 막을 수 있다는 걸 안다. 그래서 내가 가장 신경 쓰는 부분이자 오랜 시간 결정장애를 겪는 부분이기도 하다.

두 손으로 머리를 싸매고 뚫어져라 노트를 보면서 이런저런 궁리를 하고 있는데, 계단을 오르는 요란한 발자국 소리가 났다. 서너 명은 되는 듯했다. 그들 무리는 발자국 소리도 유난스럽지만 목소리까지 야단스러워 홀에 있는 사람들이 모두 그들을 봤다. 나도 고개를 돌렸다.

"어, 경온이!"

앞서서 올라온 윤우가 나를 보더니 반갑잖은 표정을 지었다.

"맞네, 301호 애지?"

이어서 문제의 그 형들이 등장했다. 동수 형과 기주 형 말이다. 나는 얼른 시선을 돌려버렸다. 그러고는 하던 일을 계속했다.

그들은 내 자리에서 몇 테이블 떨어진 데 앉았다. 하지만 고개만 조금 들면 하는 짓이 죄 보이고 말소리까지 다 들리는 거리다. 저들을 맥도날드에서 보는 건 처음이다.

저들의 아지트는 피시방으로 알고 있는데 이제부터 여기를 은신처로 삼으려는 건 아닌지 걱정스럽다. 그동안 아는 사람 하나 없이 기분 좋게 이곳을 이용했는데 왠지 앞날에 먹구름이 끼어드는 거 같다.

내가 아는 체도 않고 컴퓨터에 집중하자 셋은 자기들끼리 속닥거리며 얘기를 나눴다.

그러더니 갑자기 윤우가 큰 소리로 말했다.

"야, 너 거기 혼자 있는 거 안 좋아 보인다고 여기 형들이 이리 와서 우리랑 어울려도 된다는데?"

나는 쟤가 왜 저러나, 누구한테 그러나, 싶어 윤우를 봤다. 그런데 나를 보고 말한 거였다. 형들도 히죽히죽 웃으며 나를 보고 있었다.

뭐야, 정신 나간 자식. 혼자 있으면 다 안 좋아 보이는 거야? 어울려도 된다는 건 또 뭐고….

화가 불쑥 올라왔지만 참았다. 소심한 복수이긴 해도, 되갚아 주는 방법이 있다. 무심한 표정으로 빤히 보나가 천천히 시선을 거두고 내 할 일을 하는 거다. 그러면 분명 내게 왔던 화보다 더 큰 울화가 치솟을 거다.

빙고, 무언의 내 대답에 윤우가 성마르게 일어났다.

"야, 근데 저 자식이!"

나는 소리가 안 들리는 사람처럼 행동했다. 그러자 머쓱해진 윤우가 제자리로 털썩 앉아버렸다.

동수 형은 체구가 작은 편이라 중학생으로 보는 사람도 있다. 그래도 사근사근 잘 웃어 인상이 나쁘지는 않다.

동수 형이 햄버거를 집어 윤우한테 던지듯 줬다.

"됐다는 거잖아, 재 뜻은. 신경 끄라는 거. 그니까 그냥 그거나 씹어."

"요즘 저런 자발적 외톨이 많아."

기주 형도 볼멘소리로 한마디 거들었다. 기주 형은 보통 체구에 좀 무뚝뚝한 편이다.

윤우가 빈정거리며 목소리를 높였다.

"재하고 1학년 때 한 반이었거든요. 그때부터 애가 좀 싹수없다 생각했는데 내 생각이 하나도 안 틀렸어요. 형들이 배려

해서 한 말인데 저렇게 대놓고 개무시해도 돼요? 나한테는 몰라도 형들한테는 저러면 안 되는 거잖아."

동수 형이 목소리를 낮췄다. 사람들 시선이 따가웠던 거다.

"괜찮아. 우린 그런 데 신경 안 써. 너같이 싹수 있는 애들하고만 놀면 되니까, 안 그래?"

"그렇지."

기주 형이 고개를 끄덕거리며 맞장구를 쳤다.

그러고 나더니 한동안 쩝쩝 소리를 내며 햄버거를 먹고 콜라를 마시며 잡담을 나눴다. 뭐가 그리 신나고 재미있는지 깔깔깔 웃고 탁자를 두드리며 허리를 접고 웃어댔다.

그들이 그러는 동안 나도 내 일에 몰두할 수 있었다. 그들이 마치 거기에 없는 거처럼 하던 일에 열중할 때였다.

어느 순간, 동수 형 목소리가 내 귓속으로 쏙 들어왔다.

"애들한테 얘기 들어보니까 3학년들 중에는 자동차운전면허 딴 형들이 많다더라. 나도 빨리 땄음 좋겠는데 난 생일이 12월이라 일 년도 넘게 기다려야 돼. 근데 넌 생일이 3월이지?"

기주 형이 우쭐거리며 대답했다.

"응, 난 이제 진짜 몇 달 안 남았어."

윤우가 끼어들어 기주 형에게 물었다.

"형은 원동기 면허에 2종 소형 면허도 있다면서요? 그니까 형은 자동차운전면허도 생일만 지나면 곧바로 따겠네."

"그래야지. 그러려고 요즘 한창 준비 중이잖아."

"아, 이론시험 공부 시작했구나."

"그딴 거야 겨울방학쯤 준비해도 안 늦어."

윤우가 고개를 갸웃거렸다. 그러면서 동수 형을 봤다.

"이론 아니면 뭐요, 뭘 준비 중인데요?"

동수 형이 윤우 등을 탁 쳤다.

"그런 게 있어. 근데 너무 깊숙이 알려고는 마. 넌 그냥 나랑 기주를 따라다니기만 하면 되는 거야. 그러면 인생이 해피해지는 거라고. 그래도 너, 우릴 공짜로 따라다닐 생각이면 그건 안 된다. 동참자로서 최소한의 성의는 보여야 되는 거라고."

『온유가 조용히 일어나 교실 밖으로 나갔다. 온유는 그런 아이였….』

내가 방금 자판에 타이핑한 두 문장을 누군가 읽어 내려갔다.

잘못 들었나. 하지만 잘못 들은 게 아니었다. 등 뒤에서 사람의 온기가 느껴졌거든.

깜짝 놀라 돌아보니 윤우였다. 윤우가 어느새 내 등 뒤로 와 컴퓨터 화면을 들여다보고 있었던 거다. 동수 형과 기수 형도 옆에 서서 키득거리며 내 소설을 눈으로 읽고 있다.

나는 그들을 까맣게 잊고 있었다. 집필에 빠져 홀 안에서 일어나는 상황을 전혀 몰랐다.

노트북을 후다닥 접고 자리에서 발딱 일어났다. 그러고는 셋을 번갈아 쏘아보았다. 당장에 주먹이라도 내지를 기세로 노려보자 셋은 웃음기가 사라진 얼굴로 돌아서더니 서둘러 계단을 내려갔다.

나쁜 자식들. 불쾌한 자식들. 치사한 자식들!

허탈한 기분으로 다시 앉아 창밖을 봤다. 어둠이 내리고 있었다.

겨우 마음을 가라앉혔다. 그러고는 접어놓았던 컴퓨터를 펼쳤다. 그런데 창밖 거리 풍경에서 뭔가 내 시선을 잡아끄는 게 있다. 그래서 유리창으로 몸을 돌려 창밖을 이리저리 살폈다.

편의점 식사대 앞에 모연이가 앉아 있었다. 식사대는 큰 도로 쪽에 있고 거기 앉으면 맥도날드가 똑바로 보였다. 모연이 앞에는 컵라면이 하나 놓여 있다.

벌써 저녁 먹나 보네.

이상한 점은 모연이가 라면을 먹고 있는 게 아니라는 거다. 라면을 장식처럼 놔두고 시선은 다른 곳으로 가 있다. 그래서는 꼼짝도 않고 한 곳만 하염없이 바라보고 있다.

그게…, 내가 앉은 지점인 거 같다. 아니, 나를 보고 있다.

내가 안 무서워?

오늘은 저녁도 맥도날드에서 해결했다. 이제 막 소설을 시작했지만 첫 문장의 고통까지 이겨냈으니 오늘 얻은 수확은 크다. 그래서 그런지 계단을 오르는 발걸음이 어느 때보다 가볍다.

2층 층계참을 도는데 3층 복도 센서등이 켜진 게 보였다. 누군가 있는가 보다. 그런데 내가 3층 계단 앞에 다가가도록 그 등이 꺼지지도 않고 어떤 소리조차 안 난다.

사람이 거기 있으니 등이 계속 켜져 있을 거다. 참 이상하다, 왜 꼼짝을 안 하지? 센서가 고장인가. 하지만 그건 아닌 거 같다. 그렇다면 아예 불이 안 들어올 확률이 높다.

돌연 막연한 불안감이 나를 엄습한다. 이런 순간마다 나쁜 예감이 먼저 내 머릿속을 지배하곤 하는데, 오랜 습관이라 이젠 나도 어쩔 수 없다.

최대한 발자국 소리를 안 내고 계단을 올랐다. 그러고는 3층으로 올라서자마자 복도 안쪽으로 휙 돌아섰다.

뭐야?

거기 있는 건 모연이었다. 303호 자신의 방문 앞에 서서 고개를 푹 숙인 채 꼼짝을 않는다. 방금 계단을 올라온 사람이 누군지, 위험한 사람은 아닌지, 궁금할 만도 한데 눈길조차 안 준다.

신음이 터지려는 걸 억지로 참았다. 어쩌자고 이 시간에, 이런 위험한 데서, 여자아이가 저러고 있단 말인가. 그러나 내가 상관할 일은 아니다. 자기 일은 자신이 알아서 해야지.

서둘러 비밀번호를 누르고 문을 당겼다. 그런데 문이 열린 순간 모연이가 몸을 휘익 날렸다. 그러더니 나를 밀어젖히고 내 방으로 쑥 들어가서 섰다.

얼마나 놀랐던지! 나는 말문이 막혀 붕어처럼 입만 뻥긋거리며 한 마디도 못 하고 서 있었다. 그러다가 겨우 말이 터져 나왔다.

"뭐, 왜?"

뺨이 사과처럼 붉어진 채 나를 보던 모연이가 문득 신을 벗고 방 안으로 들어갔다. 신발 벗는 공간이 너무 좁아 그대로 서 있으면 내가 들어설 자리가 없다고 판단한 거다.

모연이는 내 방에서 나갈 생각이 손톱만큼도 없어 보였다.

그리고 내 생각이 옳다는 걸 금세 알게 됐다.

"미안해, 근데 좀 빨리 문 닫고 들어오면 안 돼? 그럼 내가 다 얘기해 줄게."

어쩌겠나, 다급한 사정이 있어 보이니.

문을 닫고 들어서 신발 벗는 공간에 서는데 나도 모르게 얼굴이 확 달아올랐다. 얼른 호주머니에 손을 지르고 옆으로 돌아서 벽을 보고 섰다.

혼자 지내기에도 갑갑한 방 안에 여자아이하고 이렇게 단둘이 있는 건 정말 처음이다. 숨소리가 들릴까 봐 숨도 제대로 못 쉬겠고 행동 하나하나가 너무 부자연스럽다.

어쩌면 좋지? 나 원 참, 무슨 이런 경우가 다 있나.

모연이도 마찬가지인가 보다. 무안함을 감추려고 헛기침을 해대고 옷매무새를 고치는 등 괜히 부산을 떨다가 방바닥으로 넌지시 내려앉았다.

"말해 줄 테니까, 일단 들어와 앉아."

그래, 들어 보자. 듣고 나서 판단해도 안 늦어.

안으로 들어서 가능한 한 멀찌감치 떨어져 앉았다. 그러고는 대화라도 이어지면 덜 쑥스러울 거 같아 서둘러 말을 꺼냈다.

"말해, 뭔 일인지."

어느새 모연이는 차분해져 있었다.

"우리 엄마가 나 초등학교 3학년 때 돌아가셨어."

너무나 침착하게 말을 시작하니까 귀 기울여 듣다가 나도 모르게 그 이야기 속으로 훅 빠져들어 갔다.

엄마가 돌아가시고 나자, 직장 일로 바쁜 아빠 때문에 모연이는 외할머니 댁에서 줄곧 컸다. 2년 전인 중학교 1학년 때 아빠가 재혼을 하면서 같이 살자고 했지만, 모연이가 반대했고 그대로 외할머니와 함께 살았다.

그 외할머니마저 작년에 돌아가시고 나자 이젠 정말 어쩔 수 없이 아빠와 합쳐야 할 상황이 됐지만, 모연이는 새엄마가 있는 집에는 들어가지 않겠다고 버텼고 결국 1년을 따로 살면서 새엄마와 어느 정도 가까워진 다음에 함께 살기로 했다.

그렇게 해서 모연이가 원룸에 들어온 게 작년 10월 초였고, 그럭저럭 세월이 흘러 그 1년의 기한이 다가온 거였다. 하지만 모연이는 아직도 아빠 집으로 들어가고 싶은 마음이 없다고 했다.

그러자 아빠와 새엄마로부터 자꾸 연락이 왔고, 얼마 전부터는 전화조차 안 받았더니 오늘은 찾아오겠다는 문자가 왔다. 두 분이 방문하겠다는 그 시간이 바로 몇 분 뒤라며 모연이는 탁상시계를 가리켰다.

희한한 일이었다. 모연이가 시계를 가리키고 있는데 계단을 오르는 발자국 소리가 났다. 문을 열고 보지 않았는데도 그들이 모연이 부모님이라는 걸 단번에 알 수 있었다. 또각또각

하이힐 소리에 발맞춰 묵직한 남자 정장구두 소리가 났으니까.

우리는 약속이나 한 거처럼 입을 꾹 다물고 그 소리에 집중했다.

내 방인 301호를 지나 아저씨 방 302호를 지나치더니 복도 끝 방인 303호 모연이 방 앞에서 그 발자국 소리들이 멈췄다. 그러고는 나지막한 노크 소리가 여러 번 났다. 그러나 안에서 아무런 대답이 없자 '모연아', '기모연' 하며 부르는 소리가 한참 동안 들렸다. 그러다가 되돌아 나온 발자국들은 결국 계단을 다시 내려갔다.

그들이 원룸 현관을 빠져나갔을 즈음 모연이가 조용히 일어나 창문에 붙어 섰다. 그러고는 열린 창문으로 빼꼼히 얼굴을 내밀어 아래를 내려다봤다.

"어이쿠~, 큰일 날 뻔했다."

모연이가 뒷걸음질을 하며 사색이 된 얼굴로 나를 봤다. 이왕 이렇게 된 거 내가 도와준다면 모연이가 조금 더 빨리 내 방에서 나갈 수 있을 거다. 나는 용수철처럼 튀어 일어나 밖을 내다봤다.

모연이가 말했다.

"자주색 실크 원피스 입은 여자하고 하늘색 재킷 입은 남자 있지?"

"있어."

두 사람은 현관 앞에 세워 둔 차를 탔다. 하지만 시동을 걸지 않았고 차 실내등을 켜 둔 채 그대로 앉아 있었다.

"널 기다리나 봐. 금방은 안 갈 거 같은데…."

"그치?"

"응."

나는 커튼을 쳤다. 그러고 나서 앉았다. 이게 쉽게 끝날 일은 아닌 거 같다.

그래, 타이밍이 안 좋았어. 맥도날드에서 10분만 더 있다가 왔더라면 이런 일에 휘말리지 않아도 됐을 텐데. 참 아쉽다.

잔뜩 실망한 내 얼굴을 보고 기가 꺾인 모연이가 털썩 앉았다. 분위기가 다시 리셋돼 버렸다. 무더위가 후끈 느껴지고 숨이 콱콱 막혀 온다. 무슨 말이라도 꺼내야 한다, 당장.

"근데 왜 여기야. 왜 내 방이냐고. 내가 안 무서워?"

내가 말해 놓고도 얼굴이 뜨거워진다. 아무리 아무 말이라도 해야 할 상황이었지만 말해 놓고도 부끄럽기 짝이 없다. 무슨 막장 드라마도 아니고 내가 왜 이딴 말을 했지.

하지만 고맙게도 모연이가 별 신경 안 쓰는 표정으로 쿡쿡 코웃음을 쳤다.

"너 설마 1학년 때 나랑 같은 반인 걸 까먹은 건 아니지? 난 널 잘 알아. 그리고 여기서 날 도와 줄 사람은 너밖에 없었어.

그뿐이야."

내가 생각해 봐도 그렇다. 모연이 말이 논리적이고 말에 구멍이 없다. 왜냐, 난 그런 애가 아니니까. 하여간 앞으로는 말을 할 때 생각이란 걸 하고 나서 내보내야겠다.

"근데 말야, 너 그렇게 말하는 건 네 부모님 가실 때까지 여기 있겠단 그 뜻이지?"

모연이가 배시시 웃었다.

"맞아."

저절로 한숨이 터져 나왔다. 잠들기 전까지 오늘 쓴 소설 분량을 정독하고 고칠 데는 고쳐 놓아야 한다.

"그럼 그동안 난 할 일 할 테니까 넌 책 읽어."

내가 책꽂이를 가리키자 모연이가 고개를 끄덕이며 일어나 그리로 갔다. 가져온 노트북을 세팅하고 나서 전원을 켰다. 그러는 사이 책꽂이에 있는 책들을 살펴 본 모연이가 싱글거리며 말했다.

"소설책, 소설작법, 그런 책이 많네."

그러면서 소설책 한 권을 뽑아 구석자리로 가서 앉았다.

밤 12시가 다 된 시간, 드디어 모연이가 내 방을 나섰다. 부모님 차가 도로로 나가는 걸 확인하고 나더니 가겠다고 했다.

"미안해, 고마웠고…."

"그래."

문이 막 닫히려는데 밖으로 나섰던 모연이가 기절초풍을 한 얼굴로 되돌아 들어오더니 온몸을 사시나무 떨듯 떨며 손가락으로 문 밖을 가리켰다.

"저기, 저기 사람!"

"뭐?"

밖으로 나가봤다. 내가 나서자 복도 센서등이 환하게 켜졌다. 그 불빛 아래 웅크린 채 모로 쓰러져 누운 남자 하나가 드러났다. 차디찬 시멘트 바닥에 볼을 대고서. 그런데 그가 잠든 건지 죽은 건지는 설핏 봐서는 알 수 없었다.

나도 정말 놀랐다. 심장이 떨어진다고 하더니 진짜 심장이 덜컥 내려앉는 소리가 내 귀에 들릴 정도였다.

그냥 이대로 도망쳐야 하나, 119에 신고하는 게 맞나. 잠깐 망설이는데 문득 코를 찌르는 숙취 냄새가 내 코를 깊숙이 파고들었다. 익숙한 냄새, 컴퓨터 수리점에 갈 때마다 나를 고통스럽게 했던 그 냄새.

남자는 302호 아저씨였다. 그제야 코 고는 소리도 들렸다. 아저씨는 자기 방을 코앞에 두고 복도가 자기 집인 양 참 편히도 잠들어 있다.

깨워야겠어. 이대로 두면 저체온증이 올 거야.

내가 아저씨를 살피고 있는 사이에 모연이도 상황을 알아

차린 듯 손을 잠깐 흔들어 보이더니 부랴부랴 제 방으로 들어갔다.

"아저씨, 아저씨! 일어나세요. 여기서 자면 큰일 나요."

아저씨는 쉽게 잠을 깨지 않았다. 더욱 집요하게 몸을 흔들고 부르자 비로소 아저씨가 눈을 번쩍 뜨더니 몸을 일으켰다. 그러고는 나를 보고 호탕하게 웃었다.

"오, 옆방 중딩이구먼. 컴퓨터는 잘 되지?"

"예, 일어나요. 방에 가서 주무셔야죠."

"알았어. 내가 헛되이 보낸 오늘은 어제 죽은 이들이 그토록 그리던 내일이야. 하루를 보람 있게 살아야 한다."

"예."

아저씨가 방으로 들어가는 걸 보고 돌아서는데 윤우 방 문이 확 열리면서 세 사람이 우르르 나왔다. 윤우하고 동수 형, 기주 형이었다.

제일 뒤에 나오던 윤우가 나를 보더니 너구나, 넌 줄 알았지, 하는 얼굴로 피식 웃으며 형들을 따라갔다.

먼저 내려가던 기주 형이 뭔가를 손가락에 걸고 빙글빙글 돌리면서 걷고 있었다. 열쇠 같아 보였다.

에효, 토요일이라고 아주 날밤이라도 새울 기세들이네.

따뜻한 훈육

노크 소리가 났다. 이모일 거다.

어제 이모가 엄마한테 들렀더니, 요즘 내가 뭘 먹고 사는지 걱정이라며 눈물을 흘리더란다. 그래서 반찬 몇 가지 챙겨 나한테 꼭 들러보겠다고 약속해서 그러는 거니, 나더러 오늘 오전에 꼭 집에 있으라고 했었다.

문을 열자 이모가 눈을 찡긋해 보이며 들어섰다. 이모도 이젠 더 이상 청춘이 아니다. 언제부턴가 점점 나이 들어 보인다. 웃거나 지금처럼 눈을 찡긋하면 잔주름이 보이거든.

하긴 내년이면 마흔이니 그럴 때도 됐지. 그래도 아직 미혼인데 이모가 늙는다고 생각하니 마음이 짠하다.

이모가 까만 고무봉지를 흔들었다.

"반찬인데, 나 사실 이거 사온 거거든. 그래도 네가 좋아하는 걸로만 골라 담은 거다, 뭐."

이모는 이런 사람이다. 솔직하고 담백하다. 에둘러 말하거나 구차한 변명 같은 건 안 한다. 이모의 이런 점이 나는 좋다.

내가 받아들며 웃자 이모가 냉장고를 열어봤다. 안에는 물하고 콜라밖에 없다.

"아예 밥 같은 건 안 해먹고 사는구나, 너. 그런데 뭐, 이런 건 나랑 똑같네. 우리 집 냉장고도 이렇거든, 하하핫~!"

"히힛~!"

나도 따라쟁이처럼 웃음이 툭 터졌다. 이런 게 동화된다는 건가 보다.

그러고 나더니 이모는 방 안과 주방을 휘익 둘러봤다.

"들른 김에 청소라도 좀 해 줘야겠다, 했더니 역시 오늘도 청소할 게 없네. 올 때마다 깨끗해."

이번에는 이모 눈이 컴퓨터 화면과 시놉시스 노트에 가 있다. 순간, 몸으로 가리고 설까 하는 생각이 언뜻 스쳤지만 그러지 않았다. 이모는 내가 소설을 쓴다는 걸 벌써부터 안다. 그리고 그 사실을 알고도 냉소적이지 않았다.

이모가 나를 돌아봤다. 그러더니 내 손을 잡고 방바닥으로 앉았다. 얼결에 나도 따라서 앉았다.

"너 작년부터 소설 썼잖아. 내가 한번은 네 엄마한테 그 얘기를 했더니 '걔가 그런 데 소질이 있었나 봐.' 하고 놀라지 뭐니."

당연히 그렇게 말했겠지. 엄마는 내가 뭘 잘하는지, 어떤 일에 관심이 있는지 따위 모른다. 아니, 모를 거다. 그런 사람이 내 엄마다.

내가 아무런 대꾸를 않자 이모가 말을 이었다.

"네 엄마 요즘 항암치료 중이잖아. 그러니 가뜩이나 약한 사람이 요샌 더 중병환자 같아. 하긴 중병환자긴 하지. 그런데 너 한 번 생각해 봐. 네 엄만 몸도 마음도 같이 아프니 얼마나 힘들겠어? 이럴 때 네가 짠하고 나타나면 네 엄마한텐 천군만마보다 큰 힘이 될 텐데."

엄마는 유방암을 앓고 있다. 그래서 아픈 부위를 수술했고 지금은 항암치료를 하고 있다.

엄마 얘기만 나오면 내 얼굴이 굳어지니까 이모가 고개를 끄덕이며 자리를 털고 일어났다. 그러고는 내 어깨를 가볍게 톡톡 두드렸다.

"알았다, 알았어. 쭈욱~ 기다릴게. 그럼 되잖아. 참, 학교엔 별일 없는 거지?"

"예."

"그래, 갈게."

이모가 나가고 나서 고무봉지를 열어봤다. 오징어채간장볶음, 메추리알장조림, 멸치고추장볶음, 계란말이가 들어 있다. 내가 좋아하는 반찬들이 맞다. 가슴 저 깊은 곳에서부터 뜨거운 것이 울컥 올라온다.

나도 한때는 이런 반찬을 앞에 놓고 집밥을 먹었었다. 금방 지은 따끈한 밥에 새로 만든 반찬을 얹어 먹을 때의 웅숭깊은 맛을 지금도 기억하고 있다. 하지만 또 다시 그런 시절이 내게 올까.

반찬들을 냉장고에 집어넣고 돌아서는데 결국 눈물이 쏟아진다.

이러면 안 돼. 산에라도 갔다 와야겠어. 이대로 여기 앉아 있으면 계속 슬픈 생각들을 하게 될 거다. 그러면 오늘 하루가 허무하게 사라지고 만다.

우리 학교 바로 뒤에는 산이 있다. 그리 높지 않은 산이고 인근에 아파트촌과 원룸촌, 그리고 주택들이 있어 늘 등산객이나 산책 나온 사람들로 붐비는 곳이다. 나도 봄이나 가을이면 가끔씩 이 산을 찾는다.

오르다가 쉬다가 하는 사이에 금세 정상이 눈에 들어왔다. 좀 더 속력을 내려는데 앞서 걷고 있는 한 가족이 보였다. 초등학생 남매를 데리고 온 젊은 부부였고, 3학년 정도로 보이는 딸과 딱 봐도 1학년인 아들이 부모 앞에 서서 앞서거니 뒤서거니 하며 경쟁이라도 하듯 걷고 있었다.

그때 누나를 앞질러 맨 앞으로 달려 나간 동생이 “내가 대장이다, 나를 따르라!" 하며 소리치자 누나가 "안 돼, 내가 대장이야!" 하며 앞으로 뛰어나가려고 했다. 그러자 아빠가 "네 동생이잖아. 좀 봐줘." 하며 딸아이를 부드럽게 달랬다. 딸은 속상해 보였지만 아빠 말대로 동생을 봐줬다.

그런데도 동생이 혀를 날름 내밀어 보이며 누나를 자꾸 놀려대자 이번에는 엄마가 엄한 목소리로 "누나한테 그러지 마, 누나가 널 얼마나 생각하는데 그러니?" 하며 나무랐다.

슬픈 생각에서 빠져나오려고 산으로 왔는데 도리어 슬픔에 함몰되게 생겼다.

나는 가족 산행이란 걸 해 본 적이 없다. 남들이 누리는 그런 소소한 행복도 부럽지만, 남매의 작은 다툼에 슬기롭게 대처하는 젊은 부부의 따뜻한 훈육이 더없이 부럽다.

형하고 내가 부딪칠 때마다 엄마는 나부터 타박했다. 사정을 알아보려는 시도 같은 것도 없었다. 엄마에겐 형이 소중했으니, 형이 화난 거부터 가라앉혀야 했으니, 내 억울함이나 울분 따위를 살피는 건 염두에 없었을 거다.

그런 때마다 엄마가 입버릇처럼 했던 말이 있다.

- 네 형은 전교 1등 아니냐. 그걸 계속 유지하는 게 얼마나 힘들겠어?

형과의 다툼이 없을 때라고 다르지 않았다. 형에게는 어떤 일에든 우선권이 있었고 나에게는 차순위, 남는 게 돌아왔다.

엄마가 원망스러웠고 형이 미웠지만 그때만 해도 그게 당연한 줄 알았다. 단지 나의 운명으로 받아들였었다.

하지만 중학생이 되면서 다양한 책을 접하다 보니 '희생양 이론'이라는 걸 알게 됐다. 그리고 그 심리학적 현상에 해당되는 사례자가 바로 나 '민경온'이라는 걸 깨달았다. 나의 희생으로 우리 가정의 평화가 지켜지고 있었던 거다.

정상에 도착했다. 내 생각에 빠져 걷는 사이에 그 가족은 다른 길로 가버렸는지 보이지 않았다. 정상에 서서 잠시 건너편 산봉우리를 건너봤다. 날씨가 맑아 오늘은 꼭대기 부근에 설치된 통신기지국이 훤히 보였다.

운동기구가 있는 쪽으로 걸었다. 작년에도 이맘때쯤 코스모스가 한창이더니, 운동기구 앞에는 올해도 만발한 코스모스가 키재기를 하고 있다. 맨손 체조를 간단히 하고 나서 공중걷기 기구에 올랐다.

"아이고, 이게 누구야. 옆방 친구구먼그래."

돌아보니 302호 아저씨였다. 나는 그저 눈인사만 했다. 그러고는 재빨리 얼굴을 다른 데로 돌려 버렸다. 아직까지도 그 거슬리는 숙취 냄새가 아저씨의 존재를 강력하게 알리고 있었으니까.

그렇지만 아저씨는 내 그런 태도에 별 신경을 안 쓰는 거 같았다. 내가 과묵한 편이고 상대의 어떤 말이나 행동에도 리액

션이 별로 없는 아이라고 생각하는지도 모르겠다.

말대답을 안 하고 다른 데를 보면 딴 데로 가겠지, 했는데 그게 아니었다. 아저씨는 내 바로 옆에 있는 노젓기 기구에 올라앉았다.

그런데 말이다. 아무리 참고 봐주려고 해도 이런 술 냄새는 정말 딱 질색이다. 그래서 아저씨가 눈치껏 자리를 피해주지 않으니, 나라도 자리를 박차고 떠나고 싶은 마음이 절로 든다. 하지만 그런 못된 행동을 대놓고 할 수는 없다.

옛날 같았으며 그랬겠지. 그러나 신과 함께-죄와 벌을 보고 나서부터 나는 사는 방식을 바꾸기로 했다. 정의롭게 살지는 못하더라도 불의를 행하지는 말자는 주의로 말이다.

"어젯밤에는…, 고마웠다."

아저씨는 계면쩍은 듯 주저하는 목소리로 말했다. 나는 대답 대신 아저씨를 한 번 흘깃 보고는 다시 운동에 집중했다.

"내가 술을 끊기는 끊어야겠어. 하다하다 이젠 길에서 쓰러져 자기까지 하다니…."

아들 같은 애한테 그런 민망한 모습을 보였으니 하는 말이지, 진심은 아닌 거 같다. 그냥 들으라고 하는 소리 말이다. 그러다가 내가 운동만 하자 혼잣말인지 나한테 하는 말인지 중얼거렸다.

"젊음을 젊은이에게 주는 것은 너무 아깝다는 말이 있지.

젊음을 낭비하지 말라는 건데, 하루하루를 선물처럼 생각하며 보람 있게 살라는 뜻이야."

듣고 있자니 참 어이가 없다. 내 젊음이 아깝다는 얘긴가. 내가 하루하루를 허송세월로 보내기라도 한단 말인가. 어린 학생에게 뭔가 좋은 얘기를 해 주고 싶은 마음은 알겠다. 그러나 아무리 생각해 봐도 저런 말은 내게 들려주는 거보다 아저씨 자신에게 들려두는 게 더 맞을 거 같다.

나도 모르게 한숨을 쉬었던 모양이다. 아차, 하며 돌아보니 아저씨가 매우 실망한 얼굴로 일어섰다.

"하여튼 고맙다."

아저씨는 조금 떨어진 양다리운동 기구로 가서 올라섰다. 조금 미안하긴 했지만 어쩔 수 없는 일이다. 그런데 난 아저씨 나이를 통 모르겠다. 40대에서 60대 사이는 확실한데 어쨌든 애매하다.

그길로 산을 내려왔다. 거기서 계속 어정거리다가는 또 아저씨를 만나는 불상사가 생길지도 모르니까 바로 하산을 시작했고, 확실하게 하기 위해 다른 등산로를 탔다.

거의 산을 다 내려오자 쉼터가 나왔다. 빽빽한 나무들에 빙 둘러싸여 안이 잘 안 보이는 아늑한 쉼터다. 그곳을 막 지나려는데 울음소리, 말다툼 소리가 났다. 조용히 지나치며 나뭇잎 사이로 난 틈을 슬쩍 들여다봤다.

거기에 윤우가 있었다. 윤우가 울면서 동수 형과 기주 형에게 대들고 있었다. 놀라운 광경이었다. 윤우가 저렇게 형들한테 맞서는 건 첨 보는 일이니까. 나는 걸음을 멈췄다. 잠깐 살펴보기로 했다.

동수 형이 윤우를 윽박질렀다.

"조용해라. 누가 보면 우리가 널 두들겨 패기라도 하는 줄 알겠다."

윤우는 서럽게 울었다.

"형들이 그런 건데 왜 내가 그래야 돼요? 내가 그런 거 아니잖아요."

기주 형이 짜증을 부렸다.

"누가 그래? 네가 안 그랬다고. 너도 분명 우리랑 같이 있었어. 그럼 너도 그런 거야. 그리고 거기 써놓은 게 전부 네 주소, 네 전화번호, 네 이름 아니냐. 그럼 네가 그런 거지, 뭐."

윤우가 어린아이처럼 큰 소리로 울었다. 그러자 형들이 윤우에게 달려들어 울음을 그치게 하려고 입을 틀어막고 등과 머리통을 쥐어박았다.

"그만 둬요!"

내가 소리치며 달려가니 형들이 서로 눈짓을 주고받았다. 그러고는 곧바로 도망을 쳤다.

뭐야, 저 자식들은

같이 가자고 할 땐 됐다, 너 먼저 가라더니 이제 보니 윤우가 나를 뒤따라오고 있다. 형들을 따라다니다가 안 좋은 일에 걸려든 거 같은데, 저렇게 억울한 표정인 걸 보면 형들 잘못을 뒤집어쓴 걸 테지.

그러게 왜 그 형들이랑 어울려. 그런 사고뭉치들이랑 말이다. 중딩과 어울리는 고딩이라…, 누가 봐도 뻔한 결말 아닌가. 나는 그게 다 보이는데 녀석의 눈엔 안 보이는 모양이다.

현관을 들어서 계단을 탁탁 올랐다. 단숨에 3층으로 올라서는데 윤우 방 앞에 동수 형과 기주 형이 떡하니 서 있다. 둘은 나를 보자 모른 체 고개를 돌리고는 딴짓을 했다. 너 따위 상관없다는 듯 일부러 킬킬거리기까지 한다.

나는 형들이 다른 데로 갔을 줄 알았다. 오늘만큼은 미안해서라도 더 이상은 윤우를 괴롭히는 일이 없을 거라 생각했다.

그런데 그렇게 슬피 울던 윤우를 여기서 또 기다리고 있었다니 화가 치밀어 올랐다.

그때 윤우가 계단을 올라오다가 형들이 있는 걸 보더니 급히 되돌아 내려가는 소리가 났다. 그러자 형들이 후다닥 따라 내려갔다. 나도 따라갔다.

가면서 문득, 이런 생각이 들었다. 불의라는 개념이 참 포괄적이구나. 따지자면 불의가 아닌 게 없잖아. 내가 신과 함께-죄와 벌만 안 봤더라도 죽이 되든 밥이 되든 모른 체 그냥 가버렸을 텐데, 아오~!

1층 층계참을 돌며 보니 셋이 현관 앞에서 마주 서 있다. 나도 층계참에서 멈춰 섰고 잠시 그들을 지켜봤다.

동수 형이 능글거리며 말했다.

"이렇게 발뺌만 한다고 해결될 문제 아니니다."

기주 형도 어떡하든 윤우를 구슬려 보려는 거 같았다.

"일단 우리는 대화를 해야 돼. 그래야 우리 셋 다 살 수 있어."

윤우가 참고 있던 울음을 툭 터뜨렸다.

"형들은 둘이고 나는 혼자야. 그니까 형들이 말을 맞추고 나한테 다 덮어씌우면 나만 불리하잖아. 그런데 뭐, 뭐?"

동수 형이 윤우를 달랬다.

"그래서 어서 네 방으로 가자는 거야. 거기서 조용히 얘기 좀 하자고. 그리고 앞으론 절대 너한테 욕하거나 손대지 않을게, 다짐한다."

그러면서 기주 형을 보자 그 형도 고개를 끄덕거렸다.

"나도 안 그럴게."

그 말을 어떻게 믿는단 말인가. 아무래도 윤우를 당장 형들에게서 떼어놓는 게 좋겠다. 저 능구렁이 같은 두 형을 윤우 혼자 상대한다는 건 아마도 기말고사 시험 문제보다 더 난감한 일일 거다.

"저기요, 형님들!"

내가 현관 앞으로 다가가자 윤우가 나를 향해 손을 내저었다.

"아냐, 이 형들이 다신 안 그런댔어. 그러니 넌 더 이상 상관 마."

"그래도…."

"우리끼리 꼭 해결해야 할 일이 있어서 그래."

그러고는 앞장서서 계단을 올라갔다. 형들이 가면서 나를 째려봤다. 내가 고 2인 자기들보다 키도 크고 덩치도 있으니까 노골적으로 막 대하지는 않지만 눈길이 꽤나 사나워 보였다.

자식, 결국은 제 방으로 데려갈 거면서 도망은….

허탈하기 짝이 없다. 도와주려다가 나만 바보 된 거 아닌가. 이래서 오지랖이 넓으면 안 된다는 거였어. 얼떨결에 오지라퍼가 된 나는 그들과 거리를 두고 방으로 돌아왔다.

다시 책상 앞에 앉았다. 소설 속 두 번째 주인공 여자아이는 외상 후 스트레스 장애를 앓고 있다. 시놉시스 단계에서 어느 정도는 알아봤지만 더 많은 자료가 필요하다. 검색엔진에 외상 후 스트레스 장애를 친다. 그러자 자료들이 홍수처럼 나타난다.

그러고 보니 내 소설 속 주인공 둘은 뮌하우젠 증후군과 외상 후 스트레스 장애를 가졌다.

살면서 내가 느낀 건데 사람은 누구나 병이 있다. 몸에 생긴 병이 아니면 마음의 병이라도 있다. 큰 병과 작은 병, 눈에 확 뜨이는 병과 너무 작아서 드러나지 않는 병이 있을 뿐이다.

나도 무슨 병인가를 앓고 있는 사람일 거다. 그렇다면 내가 앓고 있는 병은 무엇일까. 거기까지 생각했는데 정신이 번쩍 들었다.

내가 왜 이런 쓸데없는 생각을 하고 있지? 난 병 같은 거 없어. 그저 희생양일 뿐이야!

내가 중 1이었던 여름, 중 3이었던 형이 죽었다. 자살이었다. 나는 지금까지도 형이 왜 죽음을 선택했는지 모른다. 그래도 추측해 볼 수는 있다.

형은 지는 걸 못 견뎌 했다. 진다는 건 형의 사전에 없었다. 모든 게 완벽해야 했고 그러기 위해 눈을 뜨고 있는 한 공부하고 연습하고 탐구해야 했다. 그렇지만 형만 그런 건 아닐 거였다. 형과 비슷한 머리에 형에 맞먹는 노력을 하는 사람들이 형을 앞지를 때도 있었다.

그런 일이 생기면 형은 분노에 치를 떨었고 화풀이 대상을 찾았다. 우리 집에서 그런 역할을 맡아 준 사람이 나였다. 나밖에 없었다.

아빠는 오랜 세월 해외 취업을 해왔다. 현지 공장 책임자로 나가서는 붙박이처럼 그곳에서 일했다. 그래서 일 년이면 보름씩 두 번 정도 귀국했다가 되돌아가곤 하는 그야말로 뜨내기였다.

우리는 늘 셋이서 살았다. 엄마하고 형하고 나하고. 그렇게 셋이 사는 우리 가정 안에서 엄마는 최고 권력자요, 법이었다.

그런 엄마한테서 내가 가장 상처 받았던 말은 "넌 아무리 봐도 네 형처럼 공부 머리는 아냐. 도대체 넌 잘하는 게 뭐니?" 였다. 내가 뭐 때문에 공부를 안 하게 됐는지, 엄마는 죽었다 깨어나도 모를 거다.

왜냐, 내가 한 번도 말해 준 적 없으니까. 그리고 난 앞으로도 결코 말해 주지 않을 거니까.

형이 그렇게 허무하게 죽고 난 다음 해, 그러니까 내가 중 2였던 작년 말에 부모님은 이혼했다. 엄마는 내가 당연히 엄마와 함께 살 거라고 생각했지만 나는 혼자 사는 걸 선택했다. 그러고는 그때부터 이 원룸에서 살고 있다.

갑자기 극심한 허기가 느껴진다. 시계를 보니 정오가 다 돼 가고 있다. 점심때가 된 거다. 이모를 기다리고 맞이하느라 아침때를 놓쳤다. 게다가 곧바로 산에 올랐다가 내려와서 아직 이러고 있으니 배가 고픈 건 마땅하다.

이런 땐 라면보다 밥을 먹어줘야 한다. 마침 이모가 사온 반찬도 있으니 즉석밥을 사 와야겠다.

편의점에 가려고 방을 나섰다. 계단을 내려서는데 계단 바로 옆에 문이 있는 윤우 방에서 또 흐느끼는 소리가 난다. 그대로 지나치려다가 울음소리가 너무 애절해 저절로 발길이 멈춰졌다.

조금만 들어보고 내려가기로 한다. 문 앞으로 귀를 기울였다.

"안 돼, 그건 절대 안 된다고!"

윤우의 예민한 반응에 동수 형이 화를 벌컥 냈다.

"왜 안 돼. 그거 말고 다른 방법 있어?"

"할머니한테 부탁하면 우리 큰댁에서 전부 다 알게 된단 말이에요. 그럼 난 끝이에요. 그니깐 그건 진짜진짜 안 돼요."

동수 형이 목소리를 낮췄다.

"야, 너 정말 잘 생각해야 한다. 막말로 기주랑 나랑 우리 둘이 이대로 잠수라도 타버리고 나면 어차피 이 일은 너든 네 할머니든 다 책임지고 처리해야 하는 거야. 안 그러냐, 기주야?"

기주 형이 기다렸다는 듯 장단을 맞췄다.

"그렇지, 일이 그렇게 되고 마는 거지. 야, 윤우야. 너 동수가 지금 솔직히 툭 까놓고 얘기하는 거다. 그러니까 우리 말 새겨들어."

동수 형이 잽싸게 말을 받았다.

"이런 접촉 사고 따위로 저쪽에서 우릴, 그거도 앞날이 구만리 같은 중딩, 고딩을 고소하겠어? 그냥 수리비만 받으려는 걸 거야. 그러니 자, 이제 그 렌터카에서 전화 오거든 전화 좀 받자. 응? 그렇게 큰돈 드는 건 아닐걸."

"큰돈 아니면…, 얼마요?"

"그야 잘 모르지. 일단 연락해 봐. 그래서 네 돈으로 되면 다행인 거고 안 되면 할머니한테라도 도움을 받아야 한다는 거지."

"내 돈 이제 없어. 형들 때문에 다 쓰고 없다고. 그러면 할머니한테 말해야 하는데 그건 싫어, 아아앙~."

더는 듣고 있을 수가 없다. 뭐야, 저 자식들은. 고등학생이나 돼 가지고 지들이 사고 치고 중딩한테 은근슬쩍 토스한 치졸하고 지저분한 자식들이잖아. 저 자식들을 그냥!

나는 고개를 절레절레 흔들었다. 더 이상 내가 끼어들 일이 아니다. 여기까지다. 비록 지금의 내 결정이 불의에 해당된다 해도 더는 어쩔 수 없다. 나로서는 최선을 다한 거다.

엄마는 내 인생을 망쳤어요

편의점 유리문을 밀고 들어서니 문 앞에서 서성이고 있던 모연이가 나를 엄청 반긴다. 마치 시장통에서 손을 놓아버린 어린아이라도 되찾은 거처럼 지나치게 반겨 맞는 그 모습이 매우 수상쩍다.

뭐야, 설마 날 기다린 건 아닐 테고….

배에서 나는 꼬르륵 소리가 신경 쓰여 모연이를 무시하고 즉석밥 코너로 직행했다. 늘 사던 걸로 골라들었다. 한데, 언제 나를 따라왔는지 모연이가 즉석밥을 빼앗아 제자리에 놓아버린다.

"밥만 가져가 뭐하고 먹을래? 자, 이걸로 해."

모연이가 내 손에 얹어 준 건 도시락이었다. 같은 회사 제품이 모연이 손에도 하나 들려 있었다.

처음부터 의심스럽더니 저러는 데는 뭔 꿍꿍이가 있을 거다. 그렇지 않은가. 나를 학수고대 기다린 거처럼 보이는 데다가, 심지어는 저하고 나하고 얼마나 친하다고 나를 따라와 도시락까지 골라 주고 있으니 말이다.

돌아서서 모연이 눈을 똑바로 봤다.

"왜 그래?"

역시 내 생각이 맞았다. 딱 한마디 했는데 벌써 모연이 눈에 눈물이 그렁그렁했다. 나는 몹시 당황했다. 그래서 주위를 돌아봤다. 그랬더니 계산대 누나랑 손님 몇몇이 우릴 지켜보고 있다.

재빨리 모연이가 든 도시락을 받아 들고 내 거하고 같이 계산부터 했다. 그러고는 모연이를 데리고 식사대로 가 창 밖을 보며 나란히 앉았다.

"무슨 일 있었어?"

"나…, 자꾸 이런 부탁 하게 돼서 정말 미안해."

목소리가 떨리는 게 울고 있는 거 같아 돌아보니, 벌써 두 뺨으로 눈물이 주르르 흘러내리고 있다. 냅킨을 툭툭 뽑아 건넸다.

눈물을 훔치고 콧물을 닦고 난 모연이가 다시 말을 했다.

"아빠하고 새엄마가 아무 연락도 없이 아까 찾아왔더라고, 훌쩍~!"

아예 냅킨통을 건네주자 모연이는 코를 팽팽 풀었다. 그러고는 이야기를 계속했다.

그렇게 두 분이 갑작스레 닥쳤고 모연이는 할 수 없이 방문을 열어줬다. 얼떨결에 마주 앉아 원룸 계약 기한 얘기, 이제는 선택의 여지가 없고 무조건 아빠 집으로 들어오라는 통보를 들었다.

아직 마음이 열리지 않았다, 조금만 더 시간을 달라고 말해봤지만 이번에는 아빠가 단호했다. 기한이 되면 연장을 안 해줄 작정이니 그렇게 알고 준비를 하라는 말만 되풀이했다.

두 분은 단단히 약속이라도 하고 왔는지 조금도 흔들림이 없었다. 아빠를 설득해 보다가 계란으로 바위를 치는 거 같자, 새엄마한테까지 읍소하며 매달려 봤지만 그 전략도 영 통하지 않았다. 어떡하든 이번에는 마무리를 지을 모양이었다.

그래서 자리를 피하는 수밖에는 없다는 생각을 하게 됐다. 그러고는 배가 고프니 도시락만 사가지고 오겠다며 지갑에서 돈을 꺼내 나왔단다. 핸드폰도 지갑도 없이 입은 채로 나서자 별 의심 없이 선뜻 내보내 주었다고 했다.

나오면서 내 방을 노크하고 싶었지만 소리가 나면 안 되니까 그대로 내려왔고, 원룸 현관만 바라보면서 내가 나타나주길 기도하고 또 기도하고 있었는데, 정말 짠 하고 나타나 많이 놀랐다고 한다.

"그러니 제발 날 숨겨 줘."

하고는 두 손을 모으고 나를 본다.

나더러 어쩌라고! 이제까지 그래 왔고 앞으로도 그럴 생각으로 살고 있지만 진짜 남의 일에 엮이고 싶지 않다. 난 다정다감한 사람이 아니다. 가까운 걸로 치면 무감정이 더 나하고 친하다.

입술을 꽉 깨물고 난처한 표정을 짓고 있는 날 본 모연이 눈에 다시 눈물이 고였다.

"내가 갈 데가 없다는 건 너도 알잖아."

더 이상 참을 수가 없는지 모연이가 손바닥으로 얼굴을 감싸더니 식사대에 엎드려 버리고 만다.

아오~, 나한테 왜 이런 시련이….

홀 안을 돌아보니 계산대 누나하고 손님들이 안 보는 척 우릴 주시하고 있다.

그래, 내가 그렇듯 얘도 오죽하면 제 부모와 한집에 살지 않으려고 이 고생을 사서 할까. 그리고 무엇보다 세상일에 대한 나의 무관심이 반복되다 보면 불의가 누적돼 내 앞날이 더 나빠질지도 모른다.

그러면 안 되지. 에고, 모르겠다.

"가자."

도시락을 먹고 있다. 이모 반찬은 나중에 먹어야겠다.

무슨 생각에 골몰해 있는지, 얼이라도 빠진 사람처럼 젓가락질만 하던 모연이가 갑자기 가슴을 탁탁 쳤다. 목이 막히는가 보다.

일어나 냉장고에서 콜라를 가져와 종이컵에 따라줬더니 아주 꿀떡꿀떡 소리가 나도록 들이켰다.

"아이 시원하다. 고마워. 근데 너 보기보다 섬세하다."

덩달아 마시고 있던 콜라가 튀어나오려 했다.

"콜록콜록, 에취~!"

티슈를 뽑아 눈물을 닦아내고 입가를 닦았다. 그러고는 아직 남아 있는 밥을 마저 먹으려는데 모연이 방 문이 덜컥 열리는 소리가 들렸다. 그러자 모연이가 얼른 입술에 손가락을 댔다.

복도를 걸어오는 소리가 나더니 두 분은 이제 내 방 앞을 지나 계단을 내려가고 있다.

잠시 후 내가 창문 밖을 내다봤다. 모연이가 보다가 들키면 안 되니까.

두 분은 현관을 나서서도 바로 차에 오르지 않았다. 세탁소 안을 들여다보고, 식당들을 기웃거리더니, 편의점 쪽으로 걸어갔다. 모연이를 찾고 있는 거다. 그러니 당장에는 돌아가지 않을 테지.

내가 고개를 가로젓자 모연이는 곧바로 모든 상황을 알아

챘다. 고개를 끄덕여 보이더니 먹고 있던 도시락을 끌어당겨 꾸역꾸역 먹는다. 나도 서둘러 남은 걸 마저 먹었다.

내가 빈 도시락을 정리하자 모연이는 콜라를 냉장고에 넣고 마신 잔을 쓰레기통에 갖다 넣었다. 그러고 나더니 벽에 기대앉았다. 나도 조금 떨어진 데 앉아 벽에 몸을 기댔다.

"하나 물어도 돼?"

조심스런 내 질문에 모연이가 좀 당황하는 듯했다.

"응."

"새엄마하고 같이 살기 싫은 이유가 뭐야?"

모연이 얼굴이 굳어졌다.

"그건…, 우리 엄마한테 미안해서. 새엄마랑 같이 사는 건 우리 엄마를 배신하는 거라는 생각이 자꾸 들어."

"그뿐이야?"

모연이가 나를 휙 돌아봤다.

"아님 뭐?"

나는 망설여졌다. 이런 거까지 물어도 될까 하는.

"그런 이유 말고 진짜 이유, 그러니까 네 진심이나 본심 그런 거 말이야. 내 말 알지?"

모연이 눈에서 왈칵 눈물이 쏟아졌다. 그러더니 한참을 티슈로 눈물을 닦고 코를 풀고 나서야 마음 한 구석에 깊숙이 숨겨 뒀던 이야기를 끄집어냈다.

모연이가 어렸던 시절 모연이 엄마는 고전동화를 많이 읽어줬다. 모연이는 고전동화 중에서도 장화홍련전, 콩쥐팥쥐전, 심청전을 좋아했다. 그래서 모연이 엄마는 시간 날 때마다 그 동화 중 하나를 실감나게 구연해 주곤 했다.

그 동화들의 영향이었는지 어느 순간부터 '새엄마' 라는 존재가 끔찍하게 싫었다. 외국동화인 신데렐라를 알고 나서부터는 어느 나라나 새엄마들은 다 그렇고 그런 사람이구나, 심각하게 위험하다는 마음이 굳어졌다.

더구나 세상에는 눈만 뜨면 신문에 나고 뉴스에 나오고 얼마나 악랄한 새엄마가 많던지, 모연이의 새엄마에 대한 부정적인 생각들은 눈덩이 불어나듯 점점 그 부피가 커져만 갔다.

하지만 새엄마하고 살게 될 일이 뭐 있으랴, 애써 스스로를 위안하면서 살았다.

"근데 그 일이 내 일이 되더라."

그래서 따로 살아보자고 했던 거였다. 떨어져 살면서 세월이 흐르고 나이가 들면 그런 감정들은 옅어질 거라 믿었다. 그러면 자연스레 새엄마를 받아들이게 될 수 있을지도 모를 일이었다.

"그리고 말이야. 내가 아직 어려서 그런지 몰라도 어느 순간부터…, 우리가 한집에 살게 되면 내가 잠들거나 나도 모르는 사이에 우리 새엄마가 동화 속 새엄마들처럼 나를 죽일지도 모른다는 생각이 자꾸 드는 거야. 나 혼자 생각인 거 나도 알아. 근데 그 생각을 떨칠 수가 없거든. 나 정말 이상한 애 맞지?"

그때 자동차 시동 거는 소리가 났다. 일어나 창밖을 내다봤다. 모연이 아빠 차가 도로를 향해 나가고 있었다.

"갔어."

모연이도 밖을 내다보고 나더니 코 푼 휴지를 쓰레기통에 버리고는 내 방을 나섰다.

"고마워, 정말."

드디어 혼자 남았다. 좁아터진 방이지만 이젠 이 공간에서 이렇게 나 혼자 있는 게 세상 편하고 좋다. 다른 누군가가 같이 있으면 신경이 쓰이고 불편해서 잠깐 동안이라도 몸 둘 바를 모르겠다.

알고 보니 모연이도 참 안쓰러운 애다. 나하고 별반 다르지 않다. 한 번 그런 생각이 마음속 깊이 저장됐다면, 그걸 바꾸는 거는 하늘의 별을 따는 거만큼 어렵다는 걸 누구보다 잘 안다. 나도 그러니까.

작년 말, 부모님이 이혼을 하고 내가 혼자 살겠다고 선언하자 엄마는 하늘이라도 무너진 표정으로 날 봤다.

"그래도 난 널 믿고 있었는데, 내가 널 잘 못 키웠구나. 그렇지?"

"……."

내가 대꾸를 안 하자 엄마가 화를 내기 시작했다.

"제발 무슨 말이라도 해 봐. 이유는 알아야 네 말을 들어주든 뜯어말리든 할 거 아냐."

나도 말을 하고 싶지만, 이런저런 사정을 풀어놓고 싶지만, 그럴 수가 없었다. 입을 열기 시작하면 그 이후를 내가 책임질 수 없기 때문이었다. 봇물 터지듯 막무가내로 터져 나올 거친 말들이 두려웠던 거다.

"……."

계속 반응이 없자 엄마 목소리가 날카롭게 변했다.

"왜, 도대체 왜 그러는데?"

나도 더 이상은 참을 수가 없었다.

"엄마는 내 인생을 망쳤어요, 두 번이나 망쳐 버렸다고요. 으흐흐~윽!"

그 말 한마디를 던져놓고는 집을 나왔다.

미안하지만 나 좀 도와주라

종례가 끝났다. 아이들이 한꺼번에 우르르 교실을 빠져나가고 있다. 그런데 밖으로 나가던 아이들이 고개를 돌려 나를 힐끗힐끗 본다.

무슨 일인가 싶었다. 내가 친구를 안 만들고 반 아이들과 안 어울리는 애라는 건 누구라도 안다.

싱거운 자식들.

책가방을 둘러메고 교실을 나서려는데 창문 밖에 모연이가 서 있는 게 아닌가. 눈총이 따가울 법도 하건만 모연이는 나만 뚫어지게 바라보고 있다. 다른 사람 시선 따위는 전혀 의식하지 않는 거 같았다.

오 마이 갓! 그래서 애들이 히죽이며 날 봤던 거다.

쟤가 왜 저러지? 이젠 교실까지 날 찾아오네. 어쩌자는 거야.

짜증이 났다. 그래, 그러고 보니 내가 재 일에 너무 깊숙이 들어갔어. 어른들 말에 무릎까지 빠지면 허벅지까지 빠지는 건 금방이라더니.

이를 악물었다. 이제부턴 나도 '거부' 라는 걸 해야겠다. 내가 도와줄 수 있는 선을 넘었거든. 그리고 원래 자기 앞의 생은 자기 몫인 거다. 내 코도 석잔 데 남의 일에 참견하고 훈수질이나 하고 있을 때가 아니다.

교실 밖으로 나가니 먼저 나간 반 아이들 몇이 서성거리며 우리 둘을 지켜보고 있다. 구경거리긴 하지. 나 같은 소문난 외톨이한테 모연이 같은 에이스가 찾아왔으니 이보다 더한 구경감이 있을까.

녀석들을 거칠게 노려봤다. 한 녀석, 한 녀석 번갈아가며. 그러자 슬슬 꼬리를 내리고는 복도를 빠져나간다. 심히 아쉬운 표정으로.

모연이가 내 앞으로 다가왔다. 그러고는 말없이 내 옷자락을 우악스럽게 잡아당기며 우리 교실로 들어섰다. 무슨 여자아이가 힘이 그렇게 센지. 나는 고삐 잡힌 망아지마냥 그만 졸졸 끌려 안으로 들어가고 말았다. 완전히 허를 찔린 거다.

순간, 맥이 탁 풀리면서 불길한 예감이 문뜩 들었다. 교실을 나설 때 다져 먹었던 마음과는 달리, 어쩌면 더욱 깊숙이 모연이 일에 개입될 수밖에 없는 그런 상황 말이다.

다행히 교실은 텅 비었다. 그나마 얼마나 잘된 일이야.

"뭔데?"

모연이는 불안한 눈길로 교실 밖을 살폈다.

"아빠하고 새엄마가 여기까지 왔어."

안 그래도 육감이 좋지 않았단다. 오늘쯤은 학교로 찾아올 거 같았다. 그래서 조금이라도 빨리 학교를 벗어나려고 종례가 끝나자마자 건물을 빠져나갔는데, 벌써 교문 앞 등나무 아래에서 두 분이 기다리고 있었다.

피할 데를 찾아 한동안 이리 뛰고 저리 뛰었다. 그런데 온천지 간에 사람 없는 데가 없고 한 몸을 숨길 데가 없었다. 그럴수록 머릿속에 떠오르는 사람은 딱 하나, 오로지 나였다고 했다.

"나 어떡해?"

답답하긴. 그걸 나한테 물으면 어떡하냐. 내가 무슨 제갈공명도 아니고.

"이게 피하고 도망친다고 해결될 일이야?"

"그럼?"

내가 앞장을 섰다.

"가자, 힘들어도 서로 만나 얼굴 보며 대화해야 실마리가 풀리지."

모연이가 내 옷자락을 붙잡았다.

"만나 봤잖아. 근데 해결이 안 되더라고. 그니까 지금은 일단 네가 날 좀 어디든 숨겨줘, 응?"

그러는 사이에 모연이 부모님이 교실 문 앞에 와서 섰다. 모연이가 따로 소개를 안 해도 한눈에 그들이 누구라는 걸 알 수 있었다. 모연이가 아빠를 쏙 빼닮아 있었으니까.

두 분은 교실로 들어왔다.

"네 친구들한테 물었더니 이쪽으로 갔다더라."

모연이 아빠가 말을 하면서 나를 살폈다.

모연이가 샐쭉 토라진 얼굴로 말했다.

"그렇다고 이렇게 학교로 불쑥 찾아오면 어떡해요?"

모연이 아빠가 허허 웃었다.

"저녁이나 같이 먹자. 밥 먹으면서 얘기도 좀 하고, 그뿐이야. 우리도 웬만하면 네 학교까진 안 오려 했어. 그런데 널 만날 수가 있어야지. 그리고 앞으론 네 방에는 안 갈게. 됐지?"

그러면서 또 나를 힐금거렸다. 새엄마도 안 보는 척하면서 나를 계속 주의 깊게 봤다.

그제야 모연이가 한숨을 쉬며 아빠와 눈을 맞췄다.

"가요."

모연이 부모님이 교실 밖으로 나갔다. 모연이도 따라 나가며 나를 향해 코를 찡그리고 웃었다.

모연이네 가족과 마주치는 일이 없도록 학교 뒷문 쪽으로 걸었다. 뒷문 앞에 도착했을 때, 반쯤 닫힌 철문 앞에 서있는 윤우가 눈에 들어왔다. 윤우가 있으니 그 형들도 있겠지, 하고 여기저기 둘러봤지만 윤우밖에 없었다.

윤우는 혼자 다니는 아이가 아니다. 나는 재가 혼자 있는 걸 본 적이 없다. 그런 윤우가 홀로, 그거도 창백한 얼굴로 저기 있는 게 상당히 의아하다. 이런 자리는 되도록 피하는 게 수다.

아직은 나를 못 본 거 같지만 발소리가 나면 돌아볼 거다. 나는 눈을 내리깔고 앞만 보며 걸었다. 인기척을 느꼈는지 윤우가 홱 돌아봤다. 그러고는 나인 걸 알고는 후다닥 뒤로 돌아서 재활용품수집장 쪽을 보고 있는 체했다.

자식, 그런다고 전 줄 내가 모르나? 하여간 내겐 땡큐다. 잠시만 그러고 있어. 빨랑 사라져 줄 테니.

뒷문을 벗어나 한 50미터쯤 걸었을까. 갑자기 뒤에서 누가 고래고함을 치며 달려왔다. 마치 폭주하는 기관차 같았다.

“야, 야~아!”

멈칫 돌아섰다. 윤우였다. 윤우가 울먹이며 내 코앞까지 와서는 내 손을 덥석 잡았다.

“야, 미안하지만 나 좀 도와주라, 응?”

이게 도무지 무슨 상황이지? 월요일부터 내가 자꾸 이상한 일에 말려든다.

"내가 뭐라고 널 도와?"

"나 말야, 지금 나 혼자 있는 게 너무 무서워서 그러는데 나랑 같이 있어주라. 그래도 우리가 한 지붕 밑에 사는데 내가 한 번도 이런 부탁 한 적 없잖아. 그러니까…."

"그 형들은?"

윤우가 볼이 흔들리도록 도리질을 했다. 그러고는 눈물이 가득 고인 눈으로 말했다.

"몰라. 형들은 없어. 오늘 학교에 나오지도 않았다고."

"뭐?"

"잠수 탔더라. 그냥 협박인 줄 알았는데 진짜로 나만 놔두고 사라져 버렸어. 아아앙~!"

결국 그 형들은 불한당이었다. 첨부터 내내 불안불안했었다. 그러게 왜 그런 형편없는 자식들이랑 어울렸냐고.

오늘은 참으로 낯선 상황들과 잇달아 맞닥뜨리게 되는 기이한 날이다. 평일 날, 그거도 월요일에, 혼자도 아닌 윤우랑 둘이서, 맥도날드에 와 햄버거를 앞에 놓고 마주 앉는 일까지 생길 줄은 꿈에도 몰랐다.

햄버거를 시켜 들고 오긴 했지만 나도 윤우도 손도 대지 않고 있다. 저녁때가 가까워 배가 출출하긴 해도 윤우 얘길 듣는 게 먼저니까. 윤우도 같은 생각인지 햄버거에는 눈길도 안 준다.

윤우는 사고 얘길 했다. 예상했던 거지만 직접 듣고 나니 허탈하다. 무슨 이런 일이 있나, 싶다.

렌터카에서 수십 통의 전화가 오고 그걸 받지 않자 학교로 찾아오겠다는 문사까지 왔난다. 그런 일을 예상하고 형들은 숨어 버린 건데, 혼자가 된 윤우는 겁을 잔뜩 집어먹고는 나한테 같이 있어 달라고 한 거였다.

내가 짜증스레 따졌다.

"넌 그럼 면허도 없는 기주 형이 운전하는 그런 차를 따라서 탄 거야?"

윤우가 죄인처럼 고개만 까딱거렸다.

"빌리는 돈까지 네가 다 대면서?"

또 까딱까딱.

"그게 불법이라는 걸 뻔히 알면서도?"

눈물도 메말랐는지 이 정도면 흐느껴야 할 시점인데도 나를 그냥 맨송맨송하니 쳐다보기만 한다. 감당할 수 없는 큰일을 당하고 나니 감각이상이라도 온 모양이다. 어쨌든 얘도 참 대책 없는 자식이다.

"하아…!"

더는 아무 해 줄 말이 없어 한숨만 길게 내쉬었더니 미안한지 윤우가 겨우 입을 뗐다.

"기주 형은 전동킥보드랑 오토바이 같은 걸 잘 타. 그래서

차 운전도 당연히 잘할 줄 알았지. 그리고 자기가 차 운전 경험이 많다고 몇 번이나 그랬거든."

형들은 그렇다 쳐도 내가 보기엔 윤우 얘가 모자라도 한참은 모자라는 애다. 나로서는 그렇게밖에 생각할 수 없다. 안 그런가. 한시라도 빨리 이 자리를 벗어나야겠다.

"접촉사고 처리에 한두 푼 드는 거도 아닐 텐데. 당장 할머니께 말씀드리고 도와달라 백배사죄드려. 그게 최선이야. 그리고 그 형들하고도 앞으로는 만나지 마. 네 인생에 도움이라곤 안 되는 사람들이잖아."

윤우가 신음소리를 내며 잠자코 있었다. 그러더니 나를 가만히 건너봤다.

"네 말도 맞아. 근데 그래도 그 형들이 그렇게 나쁜 사람들은 아냐. 그건 내가 잘 알아."

나는 자리에서 벌떡 일어났다. 그러고는 내 몫의 햄버거를 챙겨 들고 계단을 내려왔다.

바보 천지 멍청이 같은 자식. 저러니까 형들한테 이용만 당하는 거지. 나쁜 사람이 아닌 자식들이 중딩한테 그런 엄청난 일을 슬쩍 토스해 버리고 잠수를 타?

내가 보태준 시간이 아깝다. 내 에너지가 아까워.

넌 복 받을 거다

햄버거로 저녁을 때웠다. 오늘 저녁은 밥을 먹을 참이었는데 윤우 때문에 내 인생의 또 한 끼를 엉성하게 날려 버렸다. 이러다가 병이라도 나면 어쩌지. 요즘 들어 부쩍 제대로 된 식사를 못 하니 혹시라도 아플까 봐 걱정이다.

죽을 때 죽더라도 아파서 골골대다 죽는 건 결단코 사양이다. 억울해서 그건 안 된다.

소설에 다시 집중해야겠다. 벌써 이번 소설 분량의 절반 정도를 쓴 거 같다. 소설을 써보면 항상 발단, 전개 부분에서 시간이 많이 걸린다. 그래도 그 부분만 지나면 가속이 붙는다.

"똑똑똑똑~!"

노크소리가 났다. 소리는 작지만 다급함이 느껴졌다. 서둘러 문을 열었다. 문을 두드린 건 모연이었다.

문이 열리자마자 모연이가 손잡이를 잡아당겨 문을 활짝

열어젖히고는 안으로 쏙 들어왔다. 그런데 얼굴이 백짓장 같았다.

모연이는 내가 무슨 일이냐, 왜 그러냐, 말을 꺼낼 새도 없이 화장실로 곧장 들어가 변기뚜껑을 열더니 마구 토하기 시작했다. 꺽꺽, 캑캑, 꾸웩꾸웩~!

나는 너무 놀라 혼이 나갈 지경이었지만 정신을 차리려고 애썼다. 그러고는 재빨리 화장실 문부터 닫아줬다. 어찌 됐거나 지금은 시원하게 게워 내길 바라면서. 문 닫을 새도 없이 저러고 있으니 얼마나 내가 신경 쓰일까.

한참을 토하고 물 내리고를 반복하더니 드디어 세수하는 소리가 났다. 안에 수건이 없는데…, 그렇다고 내가 쓰던 수건을 내밀 수도 없고…. 거기에 문득 생각이 미치자 티슈를 몇 장 뽑아 들고 기다렸다.

이윽고 모연이가 나왔다. 내가 휴지를 내밀자 받아들고는 그대로 방바닥으로 쓰러지듯 누웠다.

그러더니 눈을 감은 채로 얼굴과 손을 대충 닦았다. 그런데 물기를 닦은 얼굴에서 금세 땀이 배어나고 있는 게 아닌가. 그러고 보니 얼굴의 물기는 물이 아니고 식은땀이었던 거다.

아무래도 이건 보통이 아닌데…. 나는 덜컥 겁이 났다. 이렇게 시간만 보낸다고 나을 병은 아닌 거 같다. 하여간 어찌된 일인지 사정부터 알아봐야겠다. 그래야 판단이 서지.

"아빠가 지금 데려다주신 거야?"

"응, 방금."

"그럼 아빠 있는 데서는 아픈 표시를 안 했구나. 그랬으니까 그냥 그렇게 내려주고 가셨겠지."

"맞아, 억지로 참았어."

"병원에 데려다줄까?"

모연이가 손사래를 쳤다.

"아냐, 아빠랑 저녁 먹은 게 꼭 체했나 봐."

"너 얼굴에 이렇게 식은땀 흐르잖아. 더 심해지면 안 된다. 그러니까 어서 병원 가보자."

모연이가 눈을 뜨고 고개를 가로저었다.

"나 다 토했잖아. 그러니 됐을 거야. 근데 아깐 말이야. 내 방으로 가다가 생각해 보니까, 이대로 내 방에 들어가 버리면 아무도 모르게 죽을 수도 있을 거 같아 여기로 온 거야. 그랬는데 게우고 나니 이제 좀 살 거 같아."

몇 마디를 하고 난 모연이는 새처럼 숨을 할딱였다.

그렇다면 다행이다. 그럼 병원에는 안 가도 될 거 같고 그래도 약은 사와야겠지. 그래야 빨리 나을 테고 밤에 더 아플까봐 걱정 안 해도 될 테니까. 나는 외투를 챙겨 입었다.

"잠깐만 기다려, 약 사올게."

모연이가 나를 말리면서 뭐라고 하는 거 같았지만 그대로 밖으로 나섰다.

편의점 옆 약국에서 약을 샀다. 그러고는 부리나케 달렸다. 그런데 나갈 때는 못 봤는데 원룸 1층 주차장에 아는 사람이 있었다. 부끄럼 술주정꾼 302호 아저씨 말이다.

아저씨는 주차장 기둥에 기대서서 망연히 하늘을 올려다보고 있다. 무슨 생각에 빠진 건지, 누구를 기다리고 있는지는 몰라도 만취 상태인 건 확실하다. 가까이 다가서며 보니 기대섰는데도 몸이 흔들거리고 눈을 꼭 감고 있다.

그냥 가자, 그렇게 마음먹고 몇 걸음을 지나쳐 걸었다. 그런데 차마 그대로 가 버릴 수 없었다. 그래서 아저씨 앞으로 갔다. 발걸음 소리를 듣고 아저씨가 눈을 슬며시 떴다. 아저씨는 나인 걸 알고 나자 싱긋이 웃었다.

"옆방 친구!"

"왜 여기서 이러고 있어요. 방으로 가야죠."

내가 옷소매를 잡자 아저씨가 내 어깨에 팔을 둘렀다.

오 마이 가쉬, 내 스스로 자초한 일이라 따로 할 말은 없다만 이 숙취 냄새는 아무리 맡아도 적응이 안 된다. 나는 재빨리 고개를 반대로 돌렸다.

"아냐, 그런 걱정일랑 말고 너나 어서 들어가. 난 괜찮아. 봐, 이렇게 말짱하다고."

그러면서 감고 있던 내 어깨를 풀고 혼자 몇 걸음을 걷는가 싶더니 풀썩 주저앉고 만다.

아저씨를 부축했다. 그래, 숭고한 희생과 헌신에는 고통이 따르는 법. 힘들어도 이 또한 지나갈 거다.

"가요, 제가 방까지 모실게요."

아저씨가 일어나 내가 이끄는 대로 순순히 따라 걸었다. 그러면서 고래고래 노래를 불렀다. 한 번도 들어본 적 없는 낯선 노래였지만 신세를 한탄하는 노래인 건 알겠다.

사랑함에 세심했던 나의 마음이
그렇게도 그대에겐 구속이었소
믿지 못해 그런 것이 아니었는데
어쩌다가 헤어지는 이유가 됐소
내게 무슨 마음의 병 있는 것처럼~

3층까지 아저씨를 부축해 올라가는데 너무 힘들어 당장 때려치우고 싶은 마음이 굴뚝같았다. 그러나 사람은 끝마무리를 잘해야 한다.

아저씨를 겨우 방 안으로 들여보냈다. 문이 막 닫히고 있는데 아저씨가 나를 게슴츠레 봤다. 그러고는 딸꾹질을 하며 말했다.

"우리는 오로지 사랑을 함으로써 사랑을 배울 수 있다고 했어. 넌 복 받을 거다."

복, 좋지. 이런 일을 할 때마다 복이 누적되어 쌓인다면, 그리고 그 복이 오롯이 내 몫이 된다면, 그래서 수를 누릴 수 있다면, 눈에 불을 쓰고 찾아다니며 하고 싶다. 하지만 나는 그런 운을 타고나지 못했다.

모연이는 어떻게 됐을까. 내가 없는 사이에 상태가 더 나빠진 건 아닌지 모르겠다. 빨리 가야지. 호주머니에 넣어 뒀던 약봉지를 꺼내 잘 있는지 확인해 보는데 이마에서 물기가 느껴졌다. 아저씨를 지탱하느라 용을 썼더니 진땀이 흘렀던가 보다.

방으로 서둘러 들어섰다. 그런데 모연이가 반듯하게 앉아 싱글거리며 나를 본다. 조금 전에 아팠던 사람 같지가 않다. 잘된 일이긴 한데 뭔가 배신당한 거 같은 이 느낌은 뭐지?

내 표정이 너무 적나라했는지 모연이가 겸연쩍게 웃었다.

"옆방 아저씨 네가 모셔다드린 거지? 다 들리더라."

"맞아, 근데 괜찮아?"

약봉투를 내밀자 모연이가 고개를 끄덕이며 받아들었다.

"너 나가고 목이 너무 말라 물 한 컵을 단숨에 마셨거든. 그러고 났더니 꾀병처럼 나았지 뭐야."

표시를 안 내려고 해도 헛고생을 한 기분을 도저히 떨칠 수가 없다. 남의 일에 엮여 자꾸 헛발질을 하는 시간들이 아깝다는 생각도 스멀스멀 올라온다. 그래서 나도 모르게 비아냥거리는 말투가 돼 버렸다.

"나았다니 됐네, 뭐."

눈치 빠른 모연이가 당황한 얼굴로 입술을 잘근거렸다.

"너도 봤지만 아깐 나 진짜로 죽을 거만 같았어. 근데 그게, 속에서 받아주질 않는 걸 다 토해냈잖아. 그렇게 빈속이 돼버리고 나니까 저절로 좋아진 거 같아. 약은 고마워. 갖고 있다가 다음에 잘 쓸게."

그러면서 내 눈을 지그시 올려다보는데 그 눈빛이 좀 이상스럽다. 내가 방을 나가기 전하고 완전 딴판이다. 전에는 그저 만만한 학교 친구를 대하는 눈빛이었다면, 지금은 자신과는 급이 다른 존경스런 사람을 보는 그런 눈빛이다.

뭐지, 뭐 때문에 저러는 거야. 뭘 보고 그러는 거냐고!

모연이를 달라지게 한 근원을 찾아 방 안을 휘둘러보다가 내 눈길이 컴퓨터 화면에서 딱 멈췄다. 내가 펼쳐 놓았던 화면이 아니었다. 깜짝 놀라 모연이를 돌아봤더니 내 눈길을 피해 다른 곳을 본다. 순간 머리끝에서 발끝까지 전기가 지르르 흘러내렸다.

뭐야, 설마? 하는 눈빛으로 보자 모연이가 얼굴을 붉히며 고개를 끄덕끄덕했다.

"뭔가 하고 봤어."

내 목소리가 떨려 나왔다.

"왜 허락도 안 받고 네 맘대로 이걸 봐?"

"뭘 저렇게 열심히 하고 있었나, 궁금해서 본 건데 그게 그렇게 잘못한 건가. 그걸 허락까지 받아야 돼?"

"받아야지, 내 프라이버시잖아!"

돌연 모연이가 헤실헤실 웃었다.

"근데 네 방에 소설책, 소설작법책이 그냥 있었던 게 아니더라. 너 소설가 되려는 거지?"

이런 뻔뻔스런 애가 있나. 내 프라이버시를 침해했다고 지금 내가 따지고 있는데 자기는 완전 딴 나라 얘길 하고 있다. 내 말 따윈 전혀 상관 않고 자기 생각만을 말한다.

아무튼 결국 내 소설을 엿봤다는 얘기 아닌가. 듣고 나니 나 또한 얼굴이 불같이 달아오른다. 분명 노을처럼 붉어졌을 거다.

참, 그럼 얘가 내 소설 첫 독자? 기분이 묘하다. 어쩐 일인지 화는 나는데 내 소설에 대해 모연이가 어떤 평가를 내리고 있는지 그게 더 궁금해지는 거, 이건 어떤 심리인가.

"아니야, 그런 거."

"요즘 청소년소설 공모 많던데 거기 내 봤어?"

초롱초롱한 눈으로 나를 보며 묻는데, 가뜩이나 붉어진 내 얼굴이 홍시처럼 더 빨개지고 만다. 나는 펄쩍 뛰었다.

"아니라니까, 저거 내가 쓴 거 아니라고! 그러니 이제 다 나았으면 어서 네 방으로 가."

새치름한 표정이 된 모연이가 일어나 문을 열고 나갔다. 문이 닫히자마자 나는 방바닥으로 무너지듯 내려앉았다.

도대체 어디까지, 얼마나 본 거야?

내가 살아 있는 이유

모연이가 방을 나간 지 한참이나 지났는데도 좀처럼 마음이 안 잡힌다. 아직 한 줄도 못 썼다. 어떡하든 기분을 전환해 보려고 제자리 뜀뛰기도 해 보고 물구나무도 서 봤지만 별 도움이 안 된다.

내 소설에 대해 어떤 평가를 내리든 그게 뭐 어떻다고 이렇게도 내가 휘둘리는 걸까.

사실 잘 모르겠다. 정말 모연이가 내 소설에 대해 내릴 평가 때문인지, 아니면 존경스러운 사람 보듯 나를 올려다보던 그 이상야릇한 눈빛 때문인지, 나도 진짜 알쏭달쏭하다.

에잇, 안 되겠다. 오늘은 여기까지다. 그냥 게임이나 하다 자야겠다.

게임을 켜고 있는데 밖에서 두런거리며 계단을 올라오는 사람 소리가 났다. 그 소리는 윤우 방 앞에서 멈춰 섰다. 잠자

코 귀 기울여 더 들어봤더니 그들은 동수 형과 기주 형이었다. 순간 당장이라도 달려 나가 호통을 쳐 주고 싶지만 가까스로 참았다.

한동안 목소리를 낮춰 소곤대는 소리가 계속해서 들렸다. 그러더니 이윽고 윤우 방 문을 두드리는 소리가 났다. 그런데 줄기차게 노크를 했지만 문은 열리지 않았다.

저건 누가 봐도 윤우가 없거나, 있다고 해도 명확한 거부의 뜻으로 봐야 하는데 저러고 있다. 모자라도 한참은 모자라는 모질이들이다. 아니면 아주 뻔뻔한 뺀질이들이거나.

좀이 쑤셔서 도저히 앉아 있을 수가 없다. 자리를 박차고 일어나 문을 열었다. 그러고는 형들을 봤다. 시끄러워 더는 참을 수 없으니 쫓겨나기 전에 빨리 사라지라는 뜻을 내 두 눈에 담아서 말이다.

근데 두 살 차이밖에 안 나는 형들이지만, 나이는 공으로 먹는 게 아니라는 옛말이 그저 만들어진 건 아닌 거 같다.

형들은 나를 하찮게 보는 눈길로 상관 말라, 신경 끄라는 강력한 메시지가 담긴 거만한 고갯짓을 해댔으니까. 내 생각에는 멘탈 싸움으로는 저 형들을 당해 낼 수 없어 보인다.

그래, 졌다. 너희들 일은 너희끼리 알아서 해, 하며 문을 닫으려는데 그때 윤우 방 문이 스르르 열렸다. 하지만 밖으로는 나서지 않고, 눈만 겨우 보일 정도로 아주 조금만 문을 열고 말없이 형들을 내다봤다.

동수 형이 활기찬 목소리로 다가섰다.

"안에 있는 거 다 아는데 문도 안 열고 전화도 안 받고 메시지도 안 읽고 너 이럴 거야?"

그러면서 문손잡이를 확 잡아당겼다. 그러자 문이 맥없이 활짝 열려 버렸다. 깜짝 놀란 윤우가 얼른 두 팔을 벌려 가로막고 섰다. 형들을 안으로 들이는 게 진심으로 내키지 않아 보였다.

기주 형이 윤우 어깨를 다독다독했다.

"야, 미안하다. 미안한 건 맞는데, 일단 들어가서 얘기하자, 오케이?"

하지만 윤우는 단호한 얼굴로 고개를 가로저었다. 그러고는 침울한 목소리로 말했다.

"다행히 큰 사고가 아니라 잘 처리됐대. 물론 우리 할머니가 그 사람들한테 사정사정해서 그렇게 된 거지만."

윤우 할머니는 이번 일로 윤우에게 다짐에 다짐을 받고는 그 일을 처리해 줬다. 그러면서 이번이 마지막이라고, 크든 작든 한 번만 더 이런 일이 생기면 절대 더는 해결해 주는 일이 없을 거라고 했다.

풀이 죽은 형들이 윤우가 하는 말을 새겨듣는 척했다.

"그리고 할머니가 앞으론 형들을 안 만나겠다고 맹세하라

셔서 내가 그렇게 했거든. 그러니까 그렇게 알고 형들은 이제 가요. 다신 여기 오지도 말고."

말을 마친 윤우가 문을 닫고 막 들어가려는 순간이었다. 동수 형이 다시 문손잡이를 힘껏 잡아당겨 억지로 문을 열더니, 자기가 먼저 안으로 쏙 들어가 버렸다. 기주 형도 잽싸게 뒤따라 들어갔다. 기가 막히는지 윤우가 팔짱을 끼고 방 안을 쏘아봤다.

동수 형이 손짓을 했다.

"야, 아까 기주가 말했잖아. 미안하다고. 그니까 빨랑 들어오세요. 들어와 어서 우리 사과 정식으로 받아야지. 너 우리 사과 안 받을 거야?"

기죽는 법이 없고, 오히려 윤우를 다그치는 저 가증스러움이라니! 사람 다루는 놀라운 스킬에 저절로 입이 벌어질 뿐이다.

기주 형도 헤죽헤죽 웃으며 말했다.

"힘들게 안 할 거니까, 어서 들어와."

윤우가 허리에 두 팔을 얹더니 긴 한숨을 토해냈다.

"휴~우~."

드디어 내가 나설 차롄가. 이대로 내가 들어가 버리고 나면 또 다시 저 형들과 윤우가 엮이게 될 거다. 그러면 지금까지 있었던 일들이 되풀이 되겠지. 마음이 약해 빠진 윤우가 저 늑

대 같은 형들을 어떻게 감당해.

"윤우야!"

내가 다가가자 윤우가 돌아봤다. 얼굴에 복잡한 감정이 묻어 있다.

혹시 도움이 필요하냐는 표정을 읽었는지 윤우는 고개를 가로저으며 고맙지만 돌아가라는 눈짓을 했다. 그러고는 땅이 꺼져라 한숨을 한 번 더 쉬고는 문을 닫고 방으로 들어갔다.

윤우 방 앞에서 조금 더 머물며 안에서 나는 소리에 귀를 열었다. 윤우에게 안 좋은 일이 생기면 즉각 개입해야 하니까. 하지만 큰 소리를 내거나 다투는 소리가 더는 안 났다.

방으로 돌아왔다. 자리를 비운 사이에 게임이 켜져 있었다. 그러나 바로 꺼버렸다. 이제 마음잡고 소설을 써야겠다. 안 되면 오늘은 다만 한 줄이라도 쓰고 하루를 마무리해야지.

- 너 소설가 되려는 거지?

마음을 겨우 다잡은 그때, 왜 모연이가 한 그 말이 등불 켜지듯 또 머릿속에 훅 들어온 건지 모르겠다.

소설가…. 내가 왜 소설가가 되려고 했을까. 왜 그런 마음을 먹게 된 걸까.

소설가가 되려고 한 건 중학교 1학년이 되면서였다. 어느 날 애니메이션 코코를 보고 나서, 이승에서의 지위와 신분이 저승까지 이어지니 나는 소설가가 되어 죽어야겠다고 생각하게 됐다.

그런데 아직은 꼬맹이인 내가, 남들은 한창 까불고 노는 일에 빠져 있을 나이에, 왜 소설가가 되어 죽어야겠다고 마음먹었을까.

초등학교 5학년 여름이었다. 방학을 맞아 우리 가족은 엄마 절친이었던 희숙 아줌마네와 함께 강원도로 여행을 떠났다. 그때도 아빠는 해외 취업자여서 현지 공장에 나가 있었다. 그래서 우리 식구는 엄마와 형, 그리고 나, 이렇게 셋이서 갔다.

그런데 희숙 아줌마네도 세 식구가 갔다. 아줌마 남편은 공무원이었고 늘 집에 있는 사람이었지만 아마 우리 식구를 배려해 슬쩍 빠져준 거 같았다. 아줌마네는 아들만 둘인 우리와는 반대로 딸만 둘이었다.

2박 3일 여행이었고 첫날밤이었다. 어른들은 모처럼 여행이라 술자리를 갖고 즐거워했지만 우리들은 별 할 일이 없어 지루했다. 그러다 보니 일찍 잠이 들었었던가 보다.

방이 있었지만 마루에 자리를 펴고 모두 죽 누워 잤었던 게 기억난다. 자다가 돌아누우며 비몽사몽간 잠에서 깼을 때는 아이들 머리맡에서 어른들이 여전히 술자리를 이어가고 있었다.

엄마도 아줌마도 많이 취한 게 느껴졌고 다시 자야지, 하며 잠을 청하고 있는데 갑자기 오줌이 마려웠다. 그래서 막 일어나려는데 엄마가 대화 중에 내 이름을 말하면서, 뭔가 은밀한 얘기를 할 때 그러듯 별안간 목소리를 낮추는 거였다.

그게 왠지 신경 쓰였다. 나와 관련된 비밀 이야기 같으니 자는 척하면서라도 들어봐야 할 거 같았다.

"우리 경온이 있잖아."

"응."

"재 낳고 우리 엄마한테 가서 한 달을 있었던 거 알지?"

"그랬지, 산후조리하러 그때 갔잖아."

"병원에서 3일 만에 퇴원해 몸조리하러 엄마한테 갔던 날 무슨 일이 있었는지 알아?"

"왜, 안 좋은 일이라도 있었어?"

엄마는 믿을 수 없는 말을 했다. 어떤 경우에라도 내가 들어서는 안 되는 얘기를 내가 듣는 데서 하고 있었다.

그 당시 외할머니는 고향으로 돌아가 산중에서 살고 있었다. 교통이 매우 불편하고 상수도 시설도 전기 시설도 없는 첩첩산중이었다. 외할머니가 사는 집 부근에는 대여섯 가구가 살았는데, 외할머니 집과 호두나무 집만 지하수를 쓰는 펌프가 있어 다들 두 집 중 한 군데서 물을 가져다 먹었다.

그런데 엄마가 나를 데리고 몸조리하러 간 날 밤, 한 집에서 불이 났다. 불을 끄려면 많은 물을 써야 하는데, 추위를 피해 도시에 있는 딸네로 겨울을 나러 간 호두나무 집은 지하수가 얼어붙어 펌프질이 안 됐다.

그러자 사람들이 외할머니 집 앞으로 몰려와 물을 써야겠다고 외쳤다.

문 앞에 금줄을 쳐 놓았고 아무나 함부로 집에 들어오면 안 된다는 걸 모두 알고 있었다. 하지만 한시가 급한 상황이었다.

불이 점점 커지고 사람들 원성이 높아지자 외할머니가 쩔쩔맸다. 엄마도 당황해 아무 말도 못 하고 안절부절못하기만 했다.

그러는 사이에 한 사람이 불쑥 집 안으로 뛰어들며 소리쳤다.

"부정 탄다느니 어쩐다느니 이런 거 다 미신이에요. 아주 오랜 옛날에나 지켜졌던 거라고요!"

그러면서 지하수가 있는 펌프로 달려가자 다른 사람들도 모두 달려들어 물을 퍼다 날랐다.

"그날 이후부터 재 미래가 얼마나 걱정되던지. 날마다 노심초사하며 살았어. 애가 조금만 아파도 이러다 죽는 건가, 성적이 안 좋아도 그때 부정 타서 이런 건가, 모든 게 그쪽으로만 생각이 귀결되는 거야."

사실 처음 엄마한테 그 얘기를 들었을 때만 해도 그냥 슬펐다. 왜 하필 내 인생이 그런가, 하면서.

하지만 6학년이 되면서는, 나는 남들처럼 오래 살지도 못하고 무슨 일을 하더라도 잘 되는 일이 없겠구나, 생각하게 되었고 그렇다면 내가 굳이 공부를 열심히 하고 어떤 일에 도전하는 게 무슨 의미가 있겠나, 하는 마음이었다. 그래서 친구를 만들지도 않았고 아무런 도전도 않게 되었다.

그렇지만 운동만큼은 기를 쓰고 했다. 유도, 태권도 유단자가 됐고 이제는 내 몸 하나 지킬 정도는 된다. 느닷없는 죽음이 아니라, 내가 죽고 싶을 때 죽으려면 나를 보호할 최소한의 힘은 있어야 하니까.

그렇게 지내오는 동안 '내가 살아 있는 이유' 는 어느새 '잘 죽기 위해서' 가 되어 있었다. 소설가가 돼 그때 죽으면 저승에 가서도 내내 존경받을 수 있지 않을까, 해서 말이다.

엄마는 나를 모른다. 어떻게 알겠는가. 입 밖으로는 이런 얘기를 꺼내 본 적이 없었으니. 내가 딱 한 번 에둘러 했던 말이, '엄마는 내 인생을 망쳤어요. 두 번이나 망쳐버렸다고요.' 였다. 그게 다였다.

나를 우리 집안의 희생양으로 삼았고, 내 인생에 대한 불길한 예언을 내게 들려줌으로써, 엄마는 두 번이나 내 인생을 망쳤다는 내 생각이 터무니없는가.

그건 내 운명 때문이야

학교 앞 분식점이다. 그러니 우리 원룸에서도 당연히 가깝다. 어제 일이 마음에 걸렸던지 모연이가 저녁을 사겠다고 해 같이 왔다.

안 그래도 되는데, 나는 혼자 밥 먹는 게 훨씬 편한데, 그런 제안을 해 처음엔 단칼에 거절했었다. 하지만 모연이 표정이 확 어두워지는 걸 보고는 그만 승낙해 버리고 만 거다. 저러다가 툭 울음이라도 터뜨리면 어쩌지, 하는 생각이 들자 게임은 곧바로 끝이 났다.

떡볶이, 김밥, 순대, 모듬튀김을 먹고 있다. 먹고 싶은 걸 시키라고 했지만 내가 가만히 있자 모연이가 시킨 것들이다. 분식이란 게 다 거기서 거기지, 뭐. 다 맛있고 어느 거나 먹을 만하다.

"요 며칠 참 고마웠어. 특히나 어젠 너무너무 고마웠고. 아니, 어제 일은 미안하다는 게 맞지?"

내가 대답이 없자 모연이가 말을 이었다.

"더 먹고 싶은 거 없어? 다 시켜. 나 돈 많아."

그러면서 탁자 위에 놓인 손지갑을 톡톡 쳤다.

"됐어, 이거면."

한동안 침묵이 흘렀다. 말없이 먹기만 했다.

그런데 2인용 테이블에 서로 마주보며 앉아 밥을 먹고 있는 일이 점점 고역이 돼 가고 있다. 모연이에게 나의 행동 하나, 눈길 하나를 다 보여주며 먹어야 하는 현실이 너무 힘들다.

얘도 그렇겠지, 하며 슬쩍 쳐다보는데 이게 웬일인가. 모연이 눈에 눈물이 그렁그렁하다. 생각도 못 한 상황이라 손가락에 힘이 절로 빠지면서 그만 젓가락 한 짝을 떨어뜨리고 말았다.

꼭 이렇게 티를 낸다. 에잇, 언제쯤 나는 세련된 사람이 될까. 이제는 좀 태연해질 때가 됐는데 말이다.

모연이가 젓가락을 내려놓더니 냅킨을 뽑아 눈물을 닦아냈다. 그러고는 중얼거렸다.

"난 왜 이렇게 운이 없이 태어났을까? 다들 안 그런 거 같던데 말야."

너무 어릴 때 엄마가 돌아가셔서 모연이는 엄마와 단란하게 살았던 기억이 없다고 했다. 가장 행복했던 시절이었을 텐데, 그 기억이 마치 지우개로 지워버린 거처럼 없단다.

그러고 나서는 외할머니와 사느라고 아빠하고도 좋았던 기억이 거의 없다. 게다가 이젠 아빠가 재혼을 해서 새엄마가 생겼고, 둘 사이에 남동생까지 낳아 그 아이도 두 살이 됐다.

"난 그 집으로 들어가면 이젠 그야말로 찬밥 신세야. 상황이 그렇잖아, 안 그래?"

이게 진짜다. 모연이는 방금 진심을 드러냈다. 나는 그렇게 생각한다. 잔잔한 감동이 밀려왔다.

누구나 진심은 숨겨두고 되도록 핑계를 대거나 거짓 이야기만 늘어놓기 마련이다. 진심은 본심이니까, 헤진 속살처럼 아픈 이야기다. 그래서 감춰 둬야만 새빨간 피가 밖으로 새어 나오지 않는다.

눈물을 참으려고 자꾸만 눈을 깜빡거리는 모연이가 너무 안쓰럽다. 마음 같아서는 함께 펑펑 울어주고 싶다. 나도 아프니까. 나도 모연이처럼 상처들로 더께가 쌓인 애니까.

"너만 그런 거 아냐."

불쑥 내 얘기를 하고 싶어졌다. 나도 한 번쯤은 내 본심을 누군가에게는 말해야 할 거 아닌가. 그 누군가가 모연이라면 괜찮다는 생각이다. 이런 마음 정말 난생처음이다.

모연이가 자세를 바로하고 앉았다. 호기심 가득한 얼굴이다.

"진짜?"

"응, 진짜. 너도 그렇지만 중학생이, 그거도 혼자서 원룸에 살 때는 다 그만한 이유가 있는 거 아니겠어?"

"그렇지."

"나도 너 못지않은 사연 있어. 아니다, 너보다 더 지지리 운 없는 애라고 하는 게 맞을 거야."

그러고는 내가 신생아 때 외할머니 댁에서 있었던 그 일을 엄마에게서 들은 일, 크면서 가족 내 희생양이 된 일, 형이 죽은 일, 엄마하고 아빠가 이혼한 일, 엄마가 암환자가 된 일. 그리고 올해 초에 아빠가 다쳐 영구 귀국한 일까지 빠뜨리지 않고 싹 다 얘기해 줬다.

내가 나에 관해 그렇게 미주알고주알 들려준 데는 이유가 있다. 나하고 가까운 사람, 나랑 친한 사람은 모두 불행해진다는 걸 암시하기 위해서다. 그러니 모연이 너도 알아서 나랑 멀어지는 게 좋을 거라는 뜻을 내포하고 있다.

그런데도 이 바보는 내 의도를 아는지 모르는지 안타깝게 나를 본다.

답답하니까, 그리고 뭐든 명확한 게 좋은 거니까, 내가 직접 경고하는 수밖에 없겠다.

"우리 형이 죽은 거, 엄마랑 아빠가 이혼한 거, 엄마가 아픈 거, 아빠가 다친 거, 그런 일이 전부 왜 있었다고 생각해, 넌?"

모연이 눈이 동그래졌다.

"왜냐고? 글쎄, 근데 그게 왜겠어. 당연히 그 사람들 운명이 그렇겠지."

"아냐, 그건 내 운명 때문이야. 내가 부정을 탄 불운한 아이라서 가까운 사람들이 다 그렇게 된 거라고. 그래서 다른 사람들한테 더는 피해 안 주려고 나 혼자 여기로 와 사는 거야."

모연이가 입술을 바르르 떨었다.

"말도 안 돼. 너 정말로 그딴 미신 같은 거 믿고 있는 건 아니지?"

"믿고 안 믿고의 문제가 아냐. 잘 생각해 봐. 왜 하나같이 나랑 연결된 사람들한테만 그런 나쁜 일이 생겨나겠어. 사람들은 남의 일일 때는 보통 미신이니 뭐니 그러다가도 자기 일이 되면 결국 찾게 되는 데가 그런 데잖아."

"그렇긴 하지만…."

"다른 건 몰라도 형 일은 정말 너무너무 마음 아파. 내가 그때 엄마 말을 들었더라면, 형이 죽지 않았을까 하고 자꾸 자책하게 되거든."

초등학교 1학년이었는지 2학년이었는지 잘 기억나지 않는다. 어느 날 엄마가 어디를 다녀와서는 나한테 말했다.

- 오늘부터 네 이름은 민경훈이야, 민경온이 아니고. 그렇다고 학교에서까지 그렇게 쓸 건 없고 집에서만 경훈이라 부르면 돼.

엄마가 철학관에 갔더니 내 이름 경온은 형의 앞길을 막을 안 좋은 이름이라며 이름을 바꿔주라고 했단다. 그렇게 해서 받아 온 이름이 경훈이다. 그 이름을 집에서라도 불러주면 나한테도 좋고 형도 크게 성공할 수 있다 했다.

그 후 몇 년 동안 나는 두 이름을 쓰는 사람이었다. 그렇지만 경훈이라 불리는 내내 그 이름이 싫었다. 마치 딴 영혼이 내 몸 속에 들어와 사는 거 같아 끔찍했지만 엄마가 그래야 한다니 참고 살았다.

그러다가 내 태생의 비밀을 알게 된 이후 그 이름에 반발하기 시작했다. 그 이름으로 부르면 대답을 안 했고 밥도 안 먹었다. 그러자 어느 날부턴가 엄마도 형도 그 이름으로 날 부르지 않았다.

"그러니까 너도 이제부턴 나랑 거리를 둬. 이 말 한마디 하려고 이렇게까지 내 얘기를 장황하게 늘어놓았던 거야."

분식점을 나와 편의점으로 갔다. 쏘는 김에 한 번 더 쏘겠다며 모연이가 음료를 사주겠다고 해서 같이 간 거다.

경고도 먹히지 않고, 도리어 전보다 나를 더 스스럼없이 대하는 모연이가 딱하기도 하지만 내심 고맙기도 하다. 그러나 가능하면 빨리 모연이를 내 삶에서 멀어지게 해야 한다. 난 그걸 잘 알고 있다.

식사대 앞으로 갔더니 302호 아저씨가 있다. 지나치며 봤는데 도시락에 반주를 곁들이고 있었다. 아저씨는 핸드폰 속 사진을 뚫어질 듯 보고 있느라 우리가 옆을 지나가도 모르는 거 같았다.

우리는 서로 눈짓을 하며 조용히 각자 좋아하는 음료를 집어 들고 계산대로 갔다. 물론 계산은 모연이가 했다. 그리고 그길로 원룸으로 돌아와 각자의 방으로 흩어졌다.

펼쳐놓고 나갔던 노트를 다시 보고 있다. 소설이 거의 마무리 단계에 와 있는데, 이 소재로는 장편을 써야 했나? 하는 의구심이 자꾸 든다. 뭔가 과정을 무시하고 성급히 결론을 내고 있는 느낌이다.

일단 쓰던 걸 멈추고 처음부터 정독을 해봐야겠다. 그러다 보면 문제점을 짚어 낼 수도 있을 거다.

두 쪽을 읽었는데 노크 소리가 났다. 문을 열었더니 옆방 아저씨가 서 있다. 아저씨는 검은 비닐봉지를 쓱 내밀었다.

"별건 아니고, 그동안 내가 너한테 신세를 너무 진 거 같더라. 그래서 빚을 좀 갚으려고 먹을 걸 쪼끔 사왔어."

나는 손을 등 뒤로 감췄다.

"아녜요. 전 괜찮으니까 아저씨 드세요."

"어서 받아. 내 손이 부끄럽다."

아저씨가 다가와 내 손에 들려주며 씨익 웃었다. 그런데 아저씨 오른손이 이상했다. 퉁퉁 부어 있는 데다가 손날 부분에는 피딱지가 앉고 벌겋게 성이 나 있다.

"다치셨네요. 근데 약은 드셨어요?"

아저씨가 서둘러 밖으로 나섰다.

"괜찮아. 이러다 낫겠지."

이모가 갖다 준 비상약함이 번뜩 떠올랐다. 아저씨 팔을 잡아당겼다.

"잠깐만 들어오세요. 약이 있어요."

"그래?"

비상약함에서 먹는 약, 소독약, 붕대를 꺼냈다. 먼저 치료부터 해주고 나서 물을 떠와 약과 함께 건네자 아저씨가 망설임 없이 꿀떡 삼켰다. 그러고는 무안하고 쑥스러운지 고개를 푹 숙였다.

"실은 어젯밤에 말이다. 내가 욱하는 마음에 벽돌을 내리쳤거든. 그런데 그게 술김이라 힘 조절이 잘 안 됐는지 이 모양이 되고 말았지 뭐냐."

가만히 듣고만 있는 건 예의가 아닌 거 같아서 대답했다.

"아, 예."

"너 내가 왜 이러고 사는지, 왜 만날 술에 절어 사는지 궁금하지?"

그러면서 얼굴을 들고 나를 쳐다보는데, 나는 눈길을 어디다 둬야 할지 몰라 잠시 동안 쩔쩔맸다.

아저씨는 내 반응에 개의치 않고 얘기를 계속 했다.

아저씨에게는 중학교 1학년인 딸이 하나 있는데 그 딸은 지금 이혼한 전처와 살고 있다. 그러다 보니 무남독녀 외딸인 그 아이에 대한 그리움이 뼈에 사무치는 하루하루를 살고 있다.

딸은 원래 3년 전 아저씨 부부가 이혼할 때만 해도 아저씨와 함께 사는 걸 선택했고 한동안 같이 살았다. 전처는 출장이 잦은 직업인이었고, 아저씨는 집 인근에서 점포를 운영하고 있었으니 어린 딸로서는 다른 선택의 여지가 없었다.

그런데 아저씨는 오래 전부터 알코올 의존증이 있었다. 대기업에 다니다가 사표를 낸 후 실업자로 사는 동안 그렇게 된 거였다. 이후 가게를 열어 컴퓨터 수리점을 운영했지만 그때는 이미 알코올에 의존하는 날이 많아졌다.

그건 이혼 사유이기도 했고 절대 술을 안 마시겠다는 약속을 하면서 딸과 살게 되었던 건데, 아저씨는 그 약속을 지키지 못했다. 매일 늦거나 집에서도 술만 마시는 생활이 지속되면서, 딸이 엄마에게 가서 살겠다고 해서 그렇게 해주고는 혼자 이곳으로 와 살고 있다.

그 후 아저씨는 더욱 술에 빠져들었고 이제는 알코올 중독자가 됐다.

학생이 도와줘요

교실 청소를 끝내자마자 급히 학교를 빠져나왔다. 서둘러야 한다. 어젯밤 드디어 소설 쓰기를 마쳤거든. 그러니 오늘은 다 쓴 소설을 읽어내려 가면서 내용을 수정하고 오탈자를 교정해야 한다. 그런 작업을 최소한 다섯 번 이상은 해야 하니 며칠은 그 일에 매달려야 할 거다.

학교 정문에서 원룸까지는 엎어지면 코가 닿을 정도로 가깝다. 한 백오십 미터 되려나. 뛰어가면 일 분도 안 걸리는 거리다.

정문을 나서니 원룸이 훤히 보였는데, 현관 앞에 젊은 여자가 서 있었다. 그런데 가까워질수록 어디선가 본 듯했다.

누구지, 누구였지? 번뜩 모연이 새엄마라는 생각이 들었다. 비록 거리는 조금 떨어져 있어도 체격이나 차림새로 볼 때 틀림없었다.

으응, 모연이를 기다리고 있었네!

그러나 모연이 새엄마라는 걸 알고 나자 아무 지은 죄가 없는데도 저절로 시선이 의식되고, 발걸음마저 부자연스럽다. 마치 마리오네트처럼 내가 누군가에게 소성당하고 있는 듯 모든 게 거북살스럽다.

현관까지 얼마 안 남자 갑자기 마음이 조급해진다. 아는 체할 건지, 말 건지. 현관으로 들어갈 건지, 말 건지.

결국 모른 체 지나쳐서는 그대로 편의점으로 직행하는 쪽을 선택했다. 안녕하세요, 인사하는 거도 아닌 거 같고. 인사를 하든 안 하든 현관으로 들어서면 왠지 내 뒤통수가 따끔거릴 거 같아서 그런 거다.

편의점으로 들어가 음료를 하나 집어 들고 식사대로 가서 앉았다. 골목 쪽으로 앉으면 우리 원룸 현관을 살필 수 있다. 여기서 이제 상황을 지켜보면 된다. 한데, 원룸 앞에 서 있던 모연이 새엄마가 없다. 내가 편의점으로 이동하는 사이에 모연이라도 만났나 보다.

마음 편히 음료를 원샷했다. 그러고는 병을 쓰레기통에 버리고 일어서려는데 누군가 내 앞으로 와서 섰다. 까만 하이힐 한 켤레가 보였다.

불길하다, 몹시 불길해. 나는 심하게 쿵쿵거리는 심장 박동을 느끼면서 고개를 들었다.

모연이 새엄마였다. 왜 불길한 예감은 틀리는 적이 없는 건지. 모연이 새엄마는 모연이를 만나러 온 게 아니라 나를 만나러 온 거였다. 그래서 나를 기다리고 있었던 거다.

"모연이 엄마예요. 나 알죠?"

나는 재빨리 자리에서 일어나 공손하게 두 손을 앞으로 모았다.

"예."

모연이 새엄마가 식사대 의자를 가리켰다.

"우리 여기 좀 앉을까요? 얘기를 잠깐 했으면 하는데…."

내가 고개를 끄덕이며 앉아 있던 자리에 다시 앉자 모연이 새엄마도 내 옆에 앉았다.

"우리 모연이는 벌써 제 방으로 들어갔는데 학생은 오늘 많이 늦었네."

모연이 새엄마는 오늘 나를 만나려고 일찍 우리 원룸으로 왔다고 했다. 그래서는 원룸 바로 앞 식당 안에서 하교하는 모연이를 지켜보았고, 여태 나를 기다리고 있었다.

그 말을 듣고 나니 잔뜩 마음이 불편해진다. 뭔가 잘못 돼도 한참은 잘못 돼 가고 있다는 생각이다. 모연이 부모님은 나랑 모연이가 꽤 친한 줄 아나 본데 그건 상당히 잘못 알고 있는 거다. 그 얘기를 분명히 해줘야겠다.

"오늘 청소 당번이었어요."

"그랬었구나. 음, 어제 말이에요. 어젯밤에 분식점에서 우리 모연이랑 저녁 같이 먹는 거 봤어요."

아뿔싸! 그렇게 생각할 수도 있네. 나야 뭐 모연이를 안 울리려는 순수한 의도에서 같이 있었던 거지만, 그 장면만 딱 놓고 보면 충분히 그렇게 여길 수도 있었겠어.

"그런데 우리 모연이가 누구랑 그렇게 밥을 같이 먹거나 그렇게 다정하게 대하는 사람을 난 아직까지 본 적이 없어요."

모연이 새엄마는 입가에 미소를 띠고 따뜻한 눈으로 나를 봤다. 그러고는 정말 고맙다, 얼마나 든든한지 모른다고 했다.

"내가 정말 모연이를 좋아해요. 그래서 진심으로 한집에 같이 살고 싶은데 모연이는 그걸 영 몰라주네."

그 말을 하는데 모연이 새엄마 눈에 눈물이 차올랐다.

내가 다른 건 몰라도 사람은 좀 볼 줄 안다. 이게 다 뭔가가 대단히 결핍된 사람들의 특징일 텐데 언제부턴가 내게는 사람의 말, 행동, 표정을 관찰하는 습관이 생겨났다.

그러다 보니 완벽하게는 아니더라도 그 사람의 말과 행동이 진심인지 아닌지를 어느 정도는 파악할 수 있게 됐다.

그런 관점에서 볼 때, 모연이 새엄마 말은 진심에 가까워보인다. 그래서 마음이 짠하다. 새엄마 마음이 모연이에게, 모연이 마음이 새엄마에게 잘 전달되지 못해서 그럴 거다.

모연이 새엄마가 가방을 열어 손수건을 꺼내더니 눈물을

닦았다. 속상한 마음을 억누르려니까 그렇겠지만 파르르 입술이 떨리고 있다. 그러고는 나를 보고 조금 웃었다.

“학생이 도와줘요.”

나는 깜작 놀랐다. 내가 도대체 뭘 할 수 있단 말인가. 내 일조차 똑바로 하는 게 하나 없는 내가.

모연이 새엄마는 모연이 남동생 얘기를 했다. 두 살이고 이름이 모은이란다. 모연이의 ‘모’ 자를 돌림자로 지었고 얼마 전부터 걷고 있으며 요즘에는 몇몇 단어를 말하기 시작한 활기찬 아기라고 했다.

부모님은 이제 더 이상은 애를 안 낳을 거란다. 그렇게 하는 게 두 아이의 앞날을 위해 좋을 거라는 데 뜻을 같이하고, 모연이 모은이 남매만을 키우기로 약속했단다.

그러니 모연이도 외동, 모은이도 외동, 그래봐야 둘밖에 더 있느냐. 이런 때에 아기에게 누나가 가까이 있으면 얼마나 좋겠느냐고 했다. 물론 모연이에게도 모은이는 부모님과의 단단한 연결고리가 돼 줄 거였다.

“나도 약사라는 직업이 있는 사람인데 진짜로 내가 같이 살고 싶은 마음이 없다면 왜 내가 시간 쪼개가며 찾아와 모연이한테 사정사정하겠어요.”

무턱대고 집에 들어오라는 게 아니고, 단 며칠이라도 가족여행을 떠나든 집으로 와서 지내든 지내보고 결정했으면 한다고 했다. 그때 가서도 싫다면 더는 억울하지는 않을 거 같단다.

"제가 말은 해 볼게요. 근데 너무 기대는 마세요. 생각하시는 거보다 우린 안 친해요."

그 말을 하고 나서 먼저 편의점을 나왔다.

원룸으로 들어서 3층으로 올라갔다. 그러고는 곧장 모연이 방 앞으로 가서 섰다.

"기모연!"

목소리를 낮춰 부르면서 노크도 함께 했다. 금세 방문이 철컥 열렸다. 문을 열고 선 모연이가 밖으로 나오지는 않고 웬일이야? 하는 얼굴로 나를 뻔히 봤다. 조금 놀란 거 같았다.

그래, 나도 이런 상황이 참 어색하긴 하다.

"나 할 말 있는데 내 방으로 갈래, 네 방으로 잠깐 들어갈까?"

모연이가 문을 활짝 열었다.

"들어와."

여자아이 방이라 다르네. 내 방은 삭막하기 짝이 없는데 얘 방은 아기자기하다. 컬러라는 게 있는 방이다. 소품들이며 집기들이 모두 핑크핑크하다.

어디에 앉아야 할지 몰라 내가 두리번거리자 모연이가 앉을 데를 가리켰다.

"앉아."

나는 자리에 앉으며 모연이를 슬며시 봤다. 모연이도 나를 살피며 앉았다.

"나 네 새엄마 만났어. 방금 헤어지고 오는 길이야."

예상했던 대로 모연이는 펄쩍 뛰었다. 내 얘길 들어보지도 않고 화부터 벌컥 냈다.

"왜, 네가 왜?"

어쩌자고 난 자꾸 이런 샌드위치 신세를 자초하는 건지. 자성의 목소리가 들려와 잠깐 마음이 흔들렸지만 애써 떨쳐냈다.

모연이에게 좋은 일이잖아, 그리고 무엇보다 이런 일을 안 하는 건 불의가 되는 거니까, 해야 한다.

나는 모연이의 저항을 온몸으로 느끼면서 새엄마를 만났던 얘기, 만나서 들었던 얘기, 부탁받은 얘기를 그대로 해줬다.

내 얘기가 끝나갈 무렵 모연이는 침착해져 있었다.

"이건 순전히 내 생각이고 정말 조심스러운 말이지만, 네 새엄마한테 한 번은 기회를 줘 보라는 말 하고 싶어."

그 말을 마치고 일어나자 모연이는 생각 많은 눈으로 나를 올려다봤다.

의도가 벌써 불순하잖아

방으로 돌아와 소설 1차 수정과 교정 작업을 마쳤다. 불쑥불쑥 딴 생각이 끼어들어 작업하는 내내 힘들었지만 꿋꿋이 했다. 수정할 데가 더러 나왔다. 주인공 이름과 친구 이름이 바뀐 정도였고 심각한 데는 없었다. 교정할 데는 당연히 많았고.

바로 2차 작업으로 들어갈까 하다가 잠깐 기분을 전환하기로 했다. 콜라를 한 잔 컵에 담아 창가에 붙어 섰다. 그런데 현관 앞에 동수 형과 기주 형이 서 있다. 둘은 벽에 기대고 서서 각자 핸드폰을 보고 있다.

윤우를 기다리는가 보다. 윤우가 편의점이라도 가면 덜미를 덥석 잡으려는 거겠지. 이 원룸 안에서는 자기들에게 우호적인 사람이 없다는 걸 알고 있는 게 기특하다. 안 그랬으면 벌써 윤우 방 앞에 와서 부른다, 문을 두드린다, 하며 시끌벅

적할 텐데 말이다.

콜라를 냉장고에 넣고 자리에 앉는데 들릴 듯 말 듯한 노크 소리가 났다. 문을 열어보니 윤우다. 윤우는 다짜고짜 나를 밀치고 안으로 들어서더니, 소리 나지 않게 서둘러 문을 닫아버린다. 그러고는 그제야 안심이 되는지 한숨을 폭 쉬었다.

"나 좀 여기 있어도 돼? 자정까지만…."

들어올 때는 제 맘대로던 윤우가 막상 들어서서는 고개도 못 들고 눈을 이리저리 굴린다. 쫓겨날까 봐 잔뜩 쫄아 있는 모습이라니.

사정이야 말 안 들어도 뻔한 일.

"들어와."

배시시 웃으며 들어선 윤우가 나를 보면서 배를 쓸어내렸다.

"뭐 먹을 거 있냐? 저녁을 아직 못 먹었거든."

"컵라면 하나 있어."

"좋아."

내가 냄비에 물을 얹고 끓이는 동안 윤우는 컵라면 봉지를 열었다. 물은 금세 끓었다. 윤우는 배가 많이 고팠던가 보다. 라면이 불을 새도 없이 몇 번 휘휘 젓더니 게 눈 감추듯 먹어버린다. 아쉬워하는 게 다 보이지만 어쩔 수 없다. 내 유일한 비상식량이었으니.

"콜라라도 마실래?"

당분이 든 거니 그거라도 안 마시는 거보다는 낫겠지.

"많이 줘."

종이컵하고 콜라를 갖다 주자 세 컵을 내리 마신다. 그러고 나더니 트림까지 꺼억 했다.

에잇, 지저분한 자식.

방 안 공기를 마구 오염시키는 윤우가 얄미웠다. 가뜩이나 라면 냄새로 가득 찬 방 안에다가 트림까지 보태면 어쩌란 말인가. 손으로 코를 쥐고 창문을 활짝 열어젖혔다.

생각보다 요란스런 그 소리에 내가 더 깜짝 놀랐다. 그제야 현관 앞에 형들이 있었다는 게 떠올랐으니까. 살며시 내려다봤더니 아직 그대로 있다.

"네 형님들 아까부터 저기 있는 건 알지?"

나는 조금 빈정거리듯 말했다. 그러자 윤우가 눈을 크게 떴다.

"그래? 역시 그랬구나. 그럴 거 같아서 방에 먹을 게 없는데도 편의점에 못 갔잖아."

윤우는 핸드폰을 열어 전화 최근기록과 문자 대화 내역을 보여줬다. 문을 안 열어 주고 전화도 안 받자 그때부터 문자 폭탄이 날아오기 시작했다며 구구절절 하소연했다. 그러니 당연히 건물 밖에서 기다릴 거라고 생각은 했단다.

내가 계속 시큰둥한 반응을 보이자 윤우가 드디어 입을 다물었다. 그러고는 손가락 관절을 뚝뚝 꺾었다.

그런데 참으로 묘한 일이었다. 윤우가 주절주절 끊임없이 말을 늘어놓을 때는 딱 듣기 싫고 짜증까지 나더니, 입을 닫고 조용해지니까 분위기가 어색해지면서 불편하기 짝이 없다.

휴우, 이럴 게 아니라 나는 하던 일이나 계속 해야겠다.

머쓱해진 내가 일어나려고 막 엉덩이를 드는데 윤우가 말을 꺼냈다.

"나 뭐 하나 물어봐도 돼?"

다시 엉덩이를 붙였다.

"뭐?"

"아주 오래전부터 내가 궁금했던 건데, 그래서 꼭 한 번은 물어보고 싶었던 건데, 넌 이렇게 혼자 있으면 외롭지 않냐?"

상상도 못 한 이런 기습 질문에 그만 말문이 콱 막혀 버리고 만다. 그 바람에 선뜻 대답을 못하고 우물쭈물하다가, 나름 순발력을 발휘해 같은 질문을 부메랑처럼 윤우한테 되돌려 줬다.

"그럼 넌 혼자 있는 게 외로워 그런 형들이랑 어울리는 거야?"

윤우는 조금도 망설이지 않았다.

"맞아, 난 그래."

윤우는 혼자 있는 게 싫고, 외로운 건 더 싫다고 했다. 그러면서 원룸에서 지내게 된 이유를 들려줬다.

윤우는 누나가 하나 있는데 나이 차이가 많다. 그 누나는 미국인과 결혼해 미국으로 건너갔고 이번에 출산을 하게 돼 부모님을 초대했다. 그래서 산후 몸조리를 도와주고 관광도 하기 위해 넉 달을 기한으로 부모님이 가신 거였다.

윤우도 함께 가야 했지만 윤우는 미국에 가고 싶지 않아 거절을 했단다. 부모님은 두 분만 미국으로 떠나기로 결정하면서 윤우에게는 큰집에서 지내라고 했다. 그러나 윤우는 그것도 거절했다.

할머니하고 사는 건 좋지만 큰집 형, 동갑인 여자 사촌과 함께 지내야 하는 게 무척 부담스러웠다. 잔소리꾼에다가 늘 자신을 무시하고 빈정거리는 큰집 형, 항상 전교 1등을 하는 여자 사촌과 비교당하면서 몇 달을 보내야 하는 건 생각만으로도 진저리가 나는 일이었다.

윤우는 대안으로 원룸에서 지내겠다고 말했다.

"내가 외로운 건 못 견디는 성격인데, 그걸 뻔히 알면서도 원룸행을 선택할 수밖에 없었던 거야."

부모님은 심하게 반대했다. 하지만 윤우가 이 참에 아예 집을 나가 버리겠노라고 선언해 버리자 손을 번쩍 들고 만 거였다. 물론 윤우의 원룸살이는 넉 달짜리 계약이었다.

그러나 허락해 주는 대신, 평일은 원룸에서 지내고 주말과 공휴일에는 꼭 큰집에서 지내겠다는 약속을 했다. 그리고 한동안은 그 약속을 지켰는데 형들과 친해지면서 큰집과는 발을 끊게 된 거고, 걱정이 된 할머니가 한 번씩 찾아오고 계신단다.

이쯤에서 갑자기 궁금해지는 게 있다.

"근데 그 형들하곤 어떻게 알게 됐어?"

내 질문에 윤우가 멋쩍게 웃었다.

"으응, 그거…."

원룸으로 들어오고 얼마 안 된 어느 날, 윤우가 늦은 밤에 편의점에서 거리를 내다보고 있는데 식사대로 다가온 동수 형이 말을 걸었다. 윤우도 학교 내 유명인사(?)인 고딩 형을 알고 있었다. 그래서 고분고분 말대답을 하게 됐고 그러다 보니 안면을 트게 됐단다.

"그럼 기주 형은?"

기주 형은 동수 형하고 단짝이다. 말하자면 한 세트라고 해야 하나. 둘은 실과 바늘처럼 꼭 붙어 다닌다. 그러니까 동수 형하고 알고 나자 자연스레 그다음부터는 동수 형이 기주 형을 데리고 나타난 거였다.

윤우 얘길 듣고 나자 강한 의구심이 일었다.

"그러면 동수 형이 널 어떻게 알았대?"

윤우가 살짝 얼굴을 붉혔다.

"나중에 들었는데 내 여자 사촌 단짝이 동수 형 동생이었어."

그러니까 동수 형은 여동생한테서 윤우 얘길 들은 거다. 생판 모르는 중딩을 여동생이 하는 말을 듣고 나서 일부러 만나러 왔다는 거 아닌가.

나는 화가 났다. 누가 봐도 이건 뻔한 스토리다.

"거 봐, 의도가 벌써 불순하잖아."

윤우가 도리질을 했다.

"아냐, 꼭 그런 건 아니었을 거야."

아오, 이 순진해 빠진 자식.

"하여튼 앞으로는 절대 그 형들 만나지 마. 관계를 끊어."

말을 하고 나서 바로 후회를 했다. 또, 또! 내 발등에 떨어진 불씨 하나 제대로 못 끄고 있는 내가 누구한테 충고질을 하고 있단 말인가.

"나도 알아. 그래도 그 형들이 심성이 아주 나쁜 그런 형들은 아니다, 뭐."

윤우가 내 눈길을 피해 고개를 푹 숙였다.

하여간 이 자식은 알아 갈수록 모자라는 게 확실하다. 잠깐 자책 같은 걸 했던 내가 어리석었다. 내가 주먹을 불끈 쥐자 윤우가 움찔했다. 그러고는 다시 중얼거렸다.

"이제 여기 사는 거도 얼마 안 남았어. 어차피 부모님 돌아오시면 그 형들하고 만날 일도 없고."

나는 언제까지나 혼자여야 해

토요일이다. 오늘은 오랜만에 악몽 없는 편안한 늦잠을 잤다. 자고 일어나니 몸이 개운한 게 뭔가 좋은 일이 있을 거 같다.

시계를 보니 11시가 다 돼 간다. 이 시간이면 브런치를 먹어야 하니 도시락을 사와야겠다. 옷을 주섬주섬 걸쳐 입고 나서 거울도 대충 봤다. 그래도 눈곱은 떼야잖아.

편의점으로 들어가 도시락 코너로 갔다. 허리를 구부리고 내용물을 살펴보고 있는데 누군가가 내 옆구리를 콕 찔렀다.

돌아보니 모연이가 함박웃음을 웃으며 서 있다. 그런데 어디라도 가려는지 평소와는 다른 옷차림을 하고 있다. 이런 신박한 모습은 처음이라 나도 모르게 아래위를 훑어보고 있었나 보다.

"어때, 나 괜찮아 보여?"

모연이가 생글거리며 물었다.

"어디 가는구나?"

"응, 나 1박 2일 가족여행 떠나."

어쩐지 좋은 일이 있을 거 같더니, 비록 내 일은 아니지만 내 주변에서라도 좋은 일이 생기니 나도 덩달아 유쾌하다. 마음을 바꿔 준 모연이가 대견했다. 나를 친구로 여겼기에 가능한 일일 거다.

"잘됐네."

"나오면서 네 방에 가 보니까 노크해도 대답 없더라. 그래서 여긴 있겠다 싶었는데, 내 짐작이 맞았어."

"너 혹시 먹고 싶은 거 있어? 있음 골라 봐, 선물이니까."

모연이는 내 선물을 받아 마땅하다. 나를 이렇게 텐션 업 해 주는 사람이 있었던가. 내 기억의 한도 내에서는 없다.

"아냐, 가면 다 있을 거야. 내가 좋아하는 건 모두 준비해 놓는다고 그랬거든."

모연이가 손까지 내저으며 사양하자 좀 서운해지려고 한다. 큰맘 먹고 말해 본 건데 그런다.

"하나라도 해. 내가 선물이라면서 누구한테 사 주는 건 네가 처음이자 마지막일 거니까…."

그 말을 하고 나자 괜히 얼굴이 화끈거린다. 왜 이런 말까지 했을까. 이렇게 앞서갈 건 없는데 말이다. 지금 내가 너무 오

버하고 있다.

"정말로 내가 딱 하나 필요한 게 있긴 있는데…, 그럼 그걸로 들어 줘."

졸지에 난처해진 나를 은근슬쩍 건져내 주는 모연이는 역시 센스쟁이다.

"뭔데 그래?"

"혹시 네 전화번호 나한테 줄 수 있어? 필요할지 모르겠다는 생각이 들어서 말야."

나는 얼른 모연이 핸드폰을 받아들어 내 번호를 입력하고 나서 그 번호를 꾹 눌렀다. 그러자 내 폰 컬러링이 울렸다. 그렇게 서로의 폰 번호를 공유하고 나자 모연이가 손을 살짝 흔들며 돌아섰다.

"안녕, 갔다 올게."

나는 고개를 끄덕였다. 그러고는 도시락을 골라 계산대로 가 계산을 했다. 편의점을 나서려는데 모연이를 태운 차가 지나간다. 모연이 아빠가 운전을 하고 조수석에 새엄마가 타고 있다. 뒷좌석에 앉은 모연이는 베이비 카시트에 앉은 아기를 보며 웃고 있다.

도시락을 먹고 있는데 전화가 왔다. 이모다. 냉큼 받았다. 이모는 엄마하고 나를 이어주고 있는 단 하나의 끈이다. 이모가 없다면 엄마하고 나 사이의 연결고리는 끊어지고 말 거다.

생각해 보니 이모는 엄마뿐이 아니고 내가 만나는 세상과의 창구역할을 해주는 사람이다.

"내일 네 엄마한테 가거든. 매번 하는 얘기지만 이번에는 정말로 같이 갔으면 해서 또 전화했어."

엄마에게 중한 병이 오고 나서 엄마하고 이모 사이에는 내 얘기가 거의 금기처럼 돼 있다. 내 얘기를 꺼내면 엄마가 힘들어하니까 되도록 삼간다고 했었다. 그런데 얼마 전부터 엄마가 조금씩 내 얘기를 화제에 올리고 있단다.

항암치료가 잘되고 상태가 다소 호전돼 그런지 희망적인 얘기를 나누던 끝에는 꼭 내 얘기를 꺼내면서 나한테 나쁜 엄마였다는 둥, 힘들었을 나를 생각하면 얼굴을 들 수 없다는 둥 슬피 운다고 했다.

"환자한테는 우는 게 제일 안 좋은 거 너도 알잖아. 그래서 말인데 네가 엄마를 이해하고 이번에는 나랑 엄마한테 가 보자, 응?"

나는 어떤 말, 어떤 대답도 해 줄 수 없다. 아직 엄마를 이해할 아무런 준비가 되지 않았으니까. 그렇다고 다음, 다음, 하면서 거짓을 말할 수는 없다. 나는 거짓 따위를 입에 올리는 위선자가 아니다.

"……."

내가 한동안 말이 없듯 이모도 말없이 전화기를 들고 있다.

그러다가 긴 한숨을 토해냈다.

"알았다. 언제까지라도 난 기다릴 거니까 내가 기다리고 있다는 사실만은 잊지 마. 그리고 네 아빠 소식 나 들은 거 있는데 얘기 할까, 말까?"

좋은 소식은 아닐 거다. 그래서 꺼려지긴 하지만 그래도 그냥 끊고 나면 후회할 게 분명하다.

"말해 보세요."

이모는 말하는 게 내키지 않은 듯 선뜻 말하지 않고 뜸을 들였다. 그러다가 겨우 말을 꺼냈다.

"네 아빠 다쳐서 귀국한 건 너도 알고 있잖아. 그래서 오랜 투병 생활하다가 퇴원하면서 퇴직까지 한 거도."

"알아요."

"그게 다 나은 게 아니었나 봐. 하긴 혼자 살며 술타령으로 세월을 보냈을 테니 안 그런 게 이상하긴 하지. 어쨌든 그때 다친 일로 얼마 전 다시 입원을 했다던데 요즘 상태가 많이 안 좋대."

퇴원을 했어도 계속 외래로 치료를 이어가야 했는데 아빠는 제대로 치료를 받지 않았다. 그리고 술만 매일 마셔대다가 쓰러져 행려 환자처럼 응급실로 실려 갔다고 했다.

그런데 엄마하고 이혼 후 친인척과는 완전히 단절된 생활을 하다 보니 옆에서 돌봐 줄 사람이 없단다. 더 나쁜 소식은 그동안 모아놓은 돈도 모두 날려버리고 빈털터리가 돼 있었다.

"예."

어떠한 감정의 변화도 없는 내 짤막한 대답에 이모가 또다시 한숨을 폭폭 쉬었다.

"그럼 주말 잘 보내고 또 연락하자."

그러고는 통화가 뚝 끊어졌다. 한동안 멍하니 앉아 있다가 먹고 있던 도시락을 밀어 버렸다.

엄마가 했던 말이 틀린 말이 아니었어. 나와 함께하는, 나하고 연결된 사람들은 모두 불행해지는 게 내 운명이잖아. 형도, 엄마도, 아빠까지.

그리고 내 운명 또한 그 끝을 알 수 없는 어두운 터널….

눈물이 주르르 흘러내렸다. 아무리 참으려고 이를 악물어도 터진 봇물처럼 자꾸만 흘러나왔다.

그러니 내가 뭘 할 수 있겠어. 누구하고 친해지고, 어떤 꿈을 꿀 수 있겠느냐고.

나는 언제까지나 혼자여야 해. 남을 불행하게 만들고 언제 죽을 지도 모르는 사람이잖아. 운명대로라면 그런 거지.

그렇지만 설사 내 운명이 그렇게 정해졌다 해도, 내가 그때 그 말을 안 들었더라면 어땠을까. 그해 여름에 강원도로 가족 여행을 떠나지 않았다면. 갔더라도 내가 그때 오줌이 마려워

잠을 깨지 않았다면. 그랬다면 내 삶의 질이, 내 삶의 방향이, 지금과는 달라져 있을까.

한동안 밝은 기운, 밝은 마음으로 그런대로 잘 지내고 있었다. 지금까지 내가 살아왔던 생활방식과는 전혀 다르게 모연이 일에 얽히고, 윤우 일에 간섭하고, 아저씨 일에 참견하면서.

그런데 이모 전화를 받고 아빠 소식을 듣고 나니 다시 모든 것이 리셋된 기분이다. 내 운명은 바뀌지 않고 그대로인데 괜스레 나 혼자 앞날이 전도양양한 사람마냥 들떠서 보내고 있었던 거다.

그러니까 나를 압도하는 내 슬프고 무서운 운명의 굴레를 잠깐 까먹고 있었던 거네, 난.

방바닥에 엎드려 두 팔에 이마를 묻었다. 그러고는 한참을 울었다.

잠깐 잠이 들었던 모양이다. 복도에서 나는 다급한 목소리에 잠에서 깼다. 일어나 앉아 들어보니 윤우 목소리다.

문을 열고 밖을 내다봤다. 2층 층계참에서 실랑이를 벌이고 있는 윤우와 형들이 보였다. 윤우가 도와달라는 듯 나를 기웃기웃하며 봤다. 마음이 흔들려 신을 신을 뻔했지만 가까스로 멈췄다. 그러고는 모른 체 문을 닫아 버렸다.

도우긴 나 같은 애가 누굴 도운단 말인가. 나는 내 운명만

끌어안고 다독거리며 앞으로 나아가면 된다. 그거 하나만으로도 벅차다.

거울을 봤다. 울다가 잠이 들었더니 눈두덩이 붓고 왼쪽 뺨에 눌린 자국이 상처처럼 깊다. 내가 봐도 참 한심한 모습이다.

청명한 초가을, 토요일 한낮, 그거도 새싹처럼 파릇파릇한 청소년이, 원룸 안에 깊숙이 들어앉아 눈물로 얼룩진 거울 속 가엾은 자신의 얼굴을 들여다보고 있는 이런 풍경이라니.

"놔, 놓으라고!"

윤우가 마치 나 들으라는 듯 크게 외치는 소리가 났다. 순한 양 같은 애가 저렇게까지 할 때는 정말 도움이 필요한 상황일 거다. 일단 나가 보자. 그러고 나서 결정해도 된다.

밖으로 나가 계단을 쏜살같이 달려 내려갔다. 셋은 이미 현관을 나가 있었다. 그런데 현관 앞에 선팅을 짙게 한 승용차 한 대가 정차돼 있고 앞뒤로 문이 활짝 열려 있다.

형들이 뒷좌석에 윤우를 억지로 밀어 넣었다. 그러자 윤우가 거칠게 반항했다.

"싫어, 형들이나 가. 난 가기 싫다고!"

윤우 옆으로 올라탄 동수 형이 윤우를 윽박질렀다.

"너 왜 그러냐, 제발 그 입 좀 다물어라. 누가 보면 우리가 널 납치라도 하는 거 같잖아."

"그러게 말이다. 그냥 즐기자는 건데 왜 싫다는 거야? 이상한 애네."

기주 형도 한마디 거들며 재빨리 운전석으로 가더니 문을 걸어 잠그고 곧바로 시동을 걸었다.

현관을 나선 내가 승용차 문손잡이를 힘껏 잡아당겨 봤지만 열리지 않았다. 그래서 유리창에 얼굴을 붙인 채 동수 형을 보며 유리를 톡톡톡 두드렸다. 동수 형이 나를 보고 싱글거리다가 고개를 다른 데로 돌려버렸다.

"윤우가 싫다잖아. 빨리 내려줘요!"

내가 소리치며 더욱 얼굴을 밀착해 안을 들여다보는데, 차가 스윽 미끄러지면서 앞으로 나아갔다. 나는 냉큼 뒤로 물러섰다.

내가 그럴 줄 알았지

112에 신고라도 할까. 그런 현장을 보고 나서도 그냥 있으려니 영 마음이 안 편하다. 그럴 줄 알았더라면 윤우 전화번호라도 알아 둘 걸 그랬다. 계단을 오르는 내내 죄의식이 느껴졌다.

3층으로 올라서는데 302호 문이 끼익 열리면서 아저씨가 방을 나오고 있었다. 그런데 좀비 같은 얼굴로 허리를 잔뜩 구부린 채 문도 겨우 열고 있다. 그야말로 거의 기다시피 나오고 있으니 내가 얼마나 놀랐는지.

아저씨를 부축하려고 후다닥 달려갔다.

"어디 아프세요?"

그러나 내가 잡을 새도 없이 아저씨가 쿵 하고 바닥으로 쓰러졌다. 쓰러지면서 얼굴에서 손을 떼는데 손바닥에 피가 흥건했다. 입에서 흘러나온 피였다. 나는 꽁꽁 얼어붙고 말았다.

말도 제대로 안 나왔다.

“아, 아저씨!”

그래도 의식은 있는지 아저씨는 고개를 약간 돌려 나를 봤다. 나는 핸드폰을 꺼내들었다

“잠깐만 기다리세요. 119 부를게요.”

“아니다, 아냐. 택시 타는 데까지만 날 데려다 줘.”

말을 할 때마다 아저씨 입에서 피가 울컥울컥 나왔다. 그걸 보니 손이 덜덜덜 떨렸다. 사람 입에서 저렇게 피가 나오다니…, 저건 곧 죽음 아닌가!

“피가 나잖아요, 가는 사이에 위험해진다고요.”

아저씨가 내 옷자락을 움켜쥐었다.

“정말 괜찮으니 내 바지 주머니에서 손수건이나 꺼내다오.”

마음에 갈등이 일었지만 손수건부터 꺼내 아저씨에게 주었다. 아저씨는 손수건으로 입을 막더니 힘겹게 일어나 앉았다. 그러고는 계단 쪽으로 걸었다. 그 몸으로 계단을 걸어서 내려가려 하다니, 아저씨도 참 고집불통이다.

아무래도 아저씨를 더 이상은 말릴 수 없을 거 같다. 그렇다면 내가 도와주는 수밖에.

아저씨를 부축해 편의점 앞까지 걸어가 택시를 잡았다. 먼저 탄 아저씨가 손짓을 했다.

"됐어, 이제 나 혼자 갈게. 고맙다."

나는 문을 잡고 어찌할 바를 몰라 갈팡질팡했다. 그러자 택시 기사가 고개를 돌려 나를 봤다.

"뒤에 손님 아프신 거 같은네, 병원 가실 거죠?"

내가 고개를 끄덕였다.

"예, 가까운 큰 병원 응급실로요."

기사가 그거 보라는 듯 말했다.

"많이 아파 보이는데 보호자도 타세요."

기사 아저씨 말이 맞다. 아저씨는 출혈이 심한 데다가 쓰러지기까지 했다. 아저씨 말만 듣고 혼자 보내는 건 책임감 없는 짓이다.

내가 아저씨 옆으로 올라앉자 택시가 출발했다. 얼마 안 가 대학병원 응급실에 도착했고 나는 아저씨를 부축해 걸었다. 우리를 본 응급실 사람들이 하얀 침대를 밀고 달려와 아저씨를 눕혔다.

"김휘원 씨 보호자분!"

"김휘원 씨 보호자분!"

두 번을 부르고서야 그 사람이 나라는 걸 깨닫고 벌떡 일어났다. 아저씨 이름이 '김휘원' 이라는 건 환자 등록을 할 때 알게 됐다. 그랬으니 그렇게 불리는 게 귀에 익지 않아 맥을 놓고 있었던 거다.

간호사를 따라 응급실로 가니 의사가 기다리고 있었다.

"김휘원 씨 보호자 맞나요?"

얼떨결에 따라왔고 진짜 보호자는 아니지만, 현재로서는 내가 유일한 보호자니 어쩌겠는가.

"예."

의사는 미성년자인 내가 믿음직하지 않은 듯 근심 어린 얼굴로 아저씨 상태와 병에 대해 얘기했다.

"김휘원 환자는 현재 위장관출혈이 심각해 토혈과 혈변 증상이 있는데요. 그 원인은 알콜중독으로 의심됩니다."

더 자세한 건 일단 입원을 해 치료해 나가면서 내시경검사라든지 더 정밀한 검사와 사진을 찍어봐야 될 거 같단다. 그러면서 다른 보호자는 없느냐, 어른들이 와야 얘기가 될 거 같은데…, 했다.

그러고는 남은 이야기는 간호사하고 하라는 말을 남기고 다른 환자가 있는 침대로 건너갔다.

의사가 가고 나자 간호사가 아저씨한테 이런저런 처치를 하면서 물었다.

"입원부터 해야 하는데 입원 절차를 진행해도 되겠죠?"

"그렇게 해 주세요."

아저씨는 세상모르고 잠들어 있다. 간호사가 링거를 교체

하고 몸을 한쪽으로 밀어도 몰랐다.

"그럼 병실 알아보고 진행할게요."

"예."

이제 어떡하지. 아저씨 전처나 딸한테 연락을 해야 되는데 그걸 내가 해야 하나. 그렇다고 아저씨를 깨울 수도 없고 참으로 난감하다.

아저씨 핸드폰을 찾아봤다. 윗옷 호주머니에 있었다. 액정을 만져보니 다행히 비밀번호를 걸어놓지 않아 바로 메인 화면이 나타난다.

남의 비밀을 엿보는 거 같아 께름칙했지만 연락처를 들여다봤다. '우리 딸' 에게서 온 문자가 있다. 잠시 마음을 진정시키고 나서 그 전화번호로 전화를 했다. 신호가 두 번 울리자 전화를 받는다.

"아빠, 내가 그렇게 문자 보내도 답장 하나 없더니 오늘은 웬일이래. 이제 술 끊은 거야? 그래서 전화했구나."

딸은 내가 건 전화인 줄 모르고 투정부터 부렸다.

"미안하지만 이 전화기가 김휘원 씨 전화인 건 맞아요. 그런데요. 저는 아저씨 옆방에 사는 사람이에요. 그래도 놀라지는 마시고요."

나는 아저씨한테 일어난 일, 앞으로 보호자가 필요하다는 거, 지금 어떤 병원에 있다는 걸 차분하게 알려줬다.

그러고 나서 한 사십여 분이 지났을까. 젊은 여자와 아저씨를 닮은 여자아이가 아저씨 곁으로 다가왔다.

따로 물어보지 않았다. 김휘원 씨 딸이냐고, 전처냐고. 당연한 건 물을 필요가 없다.

오늘은 정말 정신이 하나도 없는 날이다. 이모 전화가 오는 통에 브런치로 먹고 있던 도시락도 다 못 먹었다. 그러고는 아저씨 일로 응급실에 동행하는 바람에 저녁때가 가까운 이 시간까지 생으로 굶고 있다.

배에서 꼬르륵 소리가 참 오래도 나더니 얼마 전부터는 이제 그 소리도 안 난다. 그저 속이 쓰리다 못해 아리고 힘이 없을 뿐이다. 이렇게 굶어 본 게 얼마만인지 모르겠다.

아침에 먹다 만 도시락은 다시 먹을 수가 없을 테니 새 도시락을 사 가야겠다. 그래서는 후딱 먹고 일찍 자리에 들어 푹 자야지. 그래야 일요일인 내일 하루라도 하던 작업을 제대로 할 수 있을 테니까.

힘든 하루였지만 그래도 오늘 하루를 마냥 헛되이 보낸 건 아니다. 모연이 일이 잘됐고, 안타깝긴 하지만 윤우 일도 나로서는 최선을 다했다. 그리고 아저씨 일. 아저씨는 이번 일로 알코올 중독치료를 해야만 하니까 그마저도 잘된 일이라 생각하자. 아니, 잘된 일이다.

편의점에 들러 도시락을 샀다. 가벼운 마음으로 계단을 뛰어올라 3층에 도착하니 윤우 방 앞에 윤우 할머니가 서 있다.

윤우하고 연락이 안 되는가 본데, 사정을 모른 체 계속 기다릴 생각을 하니 마음이 안 좋았다.

"할머니, 안녕하세요? 저 윤우 친구 경온이에요. 저도 여기 살아요. 윤우 바로 앞방에서요."

할머니가 내 손을 덥석 잡았다.

"아이고, 그래. 네가 그 애구나. 내가 우리 윤우한테 다 들었어."

조심스레 윤우 얘길 꺼냈다.

"윤우하고 연락 안 되지요?"

내가 윤우 일을 아는 듯 말하자 할머니가 울먹이며 내 앞으로 더 바싹 다가섰다.

"응, 안 돼. 연락도 안 되지만 이 일대를 내가 죄다 훑어봐도 애를 찾을 수가 없구나. 네가 본 거나 아니면 들은 게 있니?"

나는 오전에 있었던 일을 간략하게 말했다. 그러면서 지금 윤우는 아마 그 형들이랑 함께 있을 거라고 말해 줬다.

할머니 얼굴이 새파랗게 질렸다. 특히 그 형들이 승용차를 가져와 직접 운전까지 해 윤우를 태워갔다는 말에 큰 충격을 받은 듯했다.

"세상에 그런 일이 다 있었구나. 내가 그럴 줄 알았지. 그렇게 그 고등학생 형이라는 애들하고 그만 만나라고 맹세까지 시켰건만 나 몰래 지들끼리는 어울리고 있었어."

어깨를 덜덜 떨던 할머니는 다리에 힘이 풀려 버렸는지 맥없이 그 자리에 털썩 주저앉아 버렸다.

"할머니!"

내가 도우려고 하자 할머니가 끄응 신음소리를 내며 다시 몸을 일으켰다.

"됐다, 괜찮아. 그런데 너 혹시 그 형이라는 애들 연락처 가진 거 있어?"

"아뇨, 전 윤우 전화번호도 몰라요."

할머니는 매우 실망한 얼굴로 고개를 끄덕끄덕했다.

"그래, 고맙다. 내가 알아서 하마."

할머니는 난간을 꼭 붙잡고 계단을 천천히 내려갔다.

나라는 존재는 무언가 말이다

윤우 할머니가 가고 나서 도시락을 먹기 시작했을 때만 해도, 다 먹고 나면 오늘은 그냥 쉬다가 일찍 잠이나 자야겠다고 생각했었다. 그러나 막상 먹고 나니 쉬기는커녕 소설밖에 생각이 안 난다.

그래서 다시 하던 작업을 계속했다. 그리고 결국 밤 12시가 가까워 오는 시각, 소설 4차 수정과 교정을 마쳤다. 어느덧 또 한 편의 단편소설이 마무리돼 가고 있는 걸 보니 한없이 뿌듯하다.

하지만 내가 쓴 소설들이 쌓여 가는 만큼, 한 모금의 물도 없이 고구마를 꾸역꾸역 먹은 듯 마음 속 답답함도 그 몸집을 불리고 있다. 나의 진짜 글쓰기 실력을 내가 알 수 없다는 게 그 답답증의 근원이다.

실력을 알아보기 위해서라도 한 번쯤 공모전에 내 볼까, 하는 생각이 그동안 전혀 안 들었던 건 아니다. 그러나 이내 고개를 가로저으며 그런 생각을 떨쳐버리려고 무진 애를 썼었다.

좀 더 실력을 쌓자, 그래서 정말 자신감이 생기면 그때 내도 늦지 않을 거야, 그런 생각이었다. 실력도 모자라는데 덜컥 냈다가 떨어지기라도 하면 땅바닥으로 내동댕이쳐진 내 자존감은 어쩔 건가.

아마 그런 상황이 온다면 나는 견디기가 몹시 힘들 거다. 내 앞날에 대한 더 나쁜 추측을 해대고 어쩌면 글쓰기마저 포기하는 상황이 올까 봐, 그게 가장 걱정돼 그러는 거다.

오늘은 이만하면 됐다. 이제 쉬자, 편히. 그러면서 컴퓨터를 끄는데 전화가 왔다. 모연이 이름이 떴다.

반가웠다. 이렇게 늦은 시간에 나한테 전화 걸어 주는 사람이 나한테도 있다는 사실이 기쁘다. 얼른 받았다.

모연이는 부산에 있다고 했다. 그러고는 너무 늦게 전화해서 미안하다, 이제야 시간이 나 전화한다는 말을 했다.

"오늘 하루 새엄마랑 지내봤는데 우리 새엄마 생각보다 괜찮은 사람인 거 같아."

성격도 시원시원하고 말하는 게 아주 따뜻하더란다. 새엄마는 아빠하고도 사이가 좋고, 두 사람이 서로 모연이에게 잘해 주려고 경쟁이라도 하는 거 같아 자꾸 웃음이 새어 나오려는 걸 억지로 참았단다.

"나 내 남동생 오늘 첨 봤거든. 근데 너무너무 예쁜 거야."

하는 행동 하나하나가 사랑스러워 아무리 미워하려 해도 그럴 수 없는 아기라고 했다. 돌이 지난 지 얼마 안 돼 이제 조금씩 걷고 있고, 발음도 제대로 안 되는 말로 '늉나 늉나!' 부르는데 그 매력에 그만 푹 빠져버리고 말았단다.

"내 동생 이름이 모은이야. 그러니 나를 부를 땐 '연' 아, 동생을 부를 땐 '은' 아 하고 부모님이 부르는데 그 참, 묘한 동질감이 느껴지더라니까."

서먹서먹해하고 데면데면하면 어쩌지, 걱정하다가 예상 외로 모연이가 동생과 잘 어울리자 부모님이 무척 좋아하는 거 같다고도 했다.

"내일 하루 정도 더 지내보면 아빠도 새엄마도 내 동생 은이도 더 잘 알 수 있겠지?"

드디어 모연이의 가족 구성원 자랑이 끝났다. 듣고 있는 내내 내가 한마디도 안 한 걸 알고나 있는지 모르겠다. 어쨌든 이젠 나도 한마디쯤 해야겠다.

"봐, 오늘 정말 잘 갔지. 사람은 그렇게 직접 겪어 봐야 하는 거잖아. 고전동화 몇 편 읽고 새엄마에 대한 안 좋은 고정관념이 생긴 건데 그건 동화 속 이야기일 뿐, 현실 세계에서는 다를 수 있는 거였어."

"맞아. 괜히 나 혼자 지레짐작하고 결론 내리고 도망치려 했던 거 같아. 참, 하여간 네 덕분에 내가 이런 용기 낼 수 있었어. 고맙다, 친구야."

쑥스러워 그럴 테지만 '고맙다, 친구야.' 할 때는 모연이 목소리가 모깃소리만 하다.

"으응."

어색하고 수줍긴 나도 매한가지. 내 목소리도 덩달아 풀벌레 울음소리처럼 가냘파져 있다. 모연이가 서둘러 말했다.

"그럼 잘 자. 그리고 내일 일은 내일 또 보고할게."

나도 재빨리 마무리 인사를 했다.

"응, 안녕."

모연이가 먼저 전화를 끊었다. 핸드폰을 두 손으로 꼬옥 감싸 잡고 가슴에 대 봤다. 핸드폰에서 따뜻한 온기가 나에게로 건너오는 느낌이다. 그리고 그 온기가 내 마음을 덥혀 주는 거처럼 포근해진다.

비록 모연이는 부산에 있지만 지금 여기 있는 나하고 하나로 연결돼 있는 게 느껴진다. 버튼 하나만 누르면 우린 언제라도 연결될 거다. 그런 친구 하나를 얻었다는 게 실감나지 않아 어쩌면 오늘은 잠을 못 이룰지도 모르겠다.

그래도 일단 자야지. 그래야 내일 하루도 충실히 보낼 수 있을 테니까. 이불을 펴고 누웠다. 잠을 청했지만 도저히 잠이 안 온다.

문득 모연이에게 해주었던 말이 떠오른다.

- 고전동화 몇 편 읽고 새엄마에 대한 안 좋은 고정관념이 생긴 건데 그건 동화 속 이야기일 뿐, 현실 세계에서는 다를 수 있는 거였어.

그때는 별생각 없이 한 말이었는데 이제 와 생각해 보니 참 주제넘은 말이었다. 너 따위가 그런 조언 할 자격이나 있어? 하고 모연이가 따졌더라도 할 말이 없는 사람이 나다.

번뜩, 뇌리를 스치는 게 있다.

나 또한 과학적이고 합리적인 근거가 없는 얘기 따위를 듣고 내 미래에 대한 안 좋은 고정관념이 생긴 건데 그건 미신일 뿐이고, 현실은 다를 수 있는 게 아닌가? 하는 생각이 불현듯 떠오른 거다. 갑자기 정신이 번쩍 든다.

그때 노크 소리가 났다. 핸드폰을 보니 밤 12시가 넘어선 시각이다. 잘못 두드린 걸 수도 있다. 그래서 대답 없이 가만히 있어 봤다. 그런데 이번에는 이름을 부르면서 노크를 했다.

"민경온, 안에 있지?"

윤우 목소리였다. 자리에서 일어나 불을 켜고 문을 여니 윤우 혼자가 아니었다. 할머니도 함께 서 있다.

윤우는 무슨 큰 죄라도 짓고 끌려온 사람마냥 고개를 푹 숙인 채 두 손을 앞으로 모으고 가만히 섰고, 할머니가 나를 보고 웃었다. 그러면서 문 안으로 성큼 들어왔다.

"잠깐만 들어갈게. 내가 얘를 오늘부로 여기서 데리고 나가는 길이거든. 그래서 말인데, 그래도 학생한테는 고맙다는 말이라도 한마디 하고 가야 될 거 같아 들른 거야. 너무 늦었는데 미안해."

"아녜요, 들어오세요."

그러면서 이부자리부터 걷어 한쪽으로 치웠다.

할머니는 신을 벗고 들어서다가 그 자리에 그대로 서 있는 윤우에게 핀잔을 줬다.

"아, 빨리 안 들어오고 뭐 해? 여기 사람들 전부 잠들었을 시간인데 우리 때문에 다들 잠 깨겠다."

나는 입술이 바싹 마르고 심장이 오그라드는 거 같았다. 실은 윤우가 아니라 할머니 때문에 세상 사람들이 다 잠에서 깨어나 나한테 떼로 몰려와서는 항의를 할 거만 같았거든.

내가 아는 할머니들 목소리는 왜 그렇게 죄다 큰지 모르겠다. 목소리만 들어도 바로 주눅이 들 정도다.

윤우가 미적거리며 들어오다가 나하고 눈이 마주치자 눈길을 돌려 버렸다. 그러고는 할머니 옆으로 가 앉았다. 할머니하고 나는 마주 보고 앉았다.

할머니가 내 손을 당겨 잡았다.

"고맙다, 학생. 네 덕분에 그때라도 서둘렀더니 그래도 일이 더 커지기 전에 잘 마무리됐어."

할머니는 윤우를 찾아 헤매며 있었던 일을 들려줬다.

아무리 전화해도 윤우하고 끝끝내 연락이 안 되자 할머니는 렌터카 업체 몇 군데를 돌아다녔다. 그러다가 윤우 이름과 주소, 연락처로 차를 빌린 데를 결국 찾아냈다.

할머니 전화는 안 받았지만 렌터카 업체에서 연락을 하자 마침내 윤우가 전화를 받았다. 윤우는 정말로 동수 형, 기주 형과 같이 있었고 그 업체에서 빌린 차를 타고 다른 도시에서 놀고 있었다.

"참 천진난만하기도 하지. 나는 걱정이 돼 이 심장이 터져버릴 거처럼 죽을 지경인데 얘는 아주 목소리가 발랄하기까지 하더라고."

할머니는 생각할수록 기가 막히는지 윤우 등짝을 매섭게 내리쳤다. 윤우가 움찔하며 할머니에게서 떨어져 앉았다.

처음에는 어디냐고 물어도 있는 데를 가르쳐 주지 않았다. 안 그래도 돌아가려던 참이었다면서 곧 갈 거라는 말만 했다. 하지만 한창 놀고 있던 아이들이 금방 제 발로 돌아올 거 같지 않았다.

게다가 면허가 없는 고딩이 운전해 도로를 돌아다닌다는 건 범죄 행위이니 그대로 놔둘 수 있는 일이 아니었다. 그래서 호통도 치고 어르고 달래면서 겨우 있는 데를 알아냈다. 그러고는 렌터카 업체 도움을 받아 아이들이 있는 데로 찾아갔다.

"막상 찾아가니 다들 겁을 잔뜩 집어먹은 얼굴로 우릴 기다리고 있더구나. 그나마 교통사고는 안 냈으니 얼마나 다행인가 싶더라."

그렇게 해서 일은 해결이 됐다고 했다.

내 생각에 윤우는 이런 시간에 이렇게 마구잡이식으로 할머니에게 끌려서 여기를 떠나고 싶지는 않을 거 같다. 윤우가 백 번 천 번 잘못한 건 맞다. 그래도 사람은 자존심이라는 게 있는 거다. 그러고 보니 윤우가 딱해 보였다.

"근데 아직 원룸 계약 기간이 조금 남았잖아요."

내 말에 윤우가 고개를 들고 나를 봤다. 입술 꼬리가 조금 올라가 보였다.

"그야 그렇지. 그래도 이젠 얘가 내 눈 앞에 없으면 내가 걱정이 돼 아주 못 살 거 같아."

"큰집으로 가겠네요."

"그렇지. 아직 윤우는 어리잖아. 어린아이들은 그저 사람이 복닥복닥 모여 사는 데 섞여 살아야 보호가 되는 거야. 그래야 옆을 안 돌아보고 딴 생각도 못 하게 되는 거거든."

그 말을 듣고 있는데 나도 모르게 마음이 울컥했다. 윤우가 어리면 나도 똑같이 어리다. 나도 보호받고 살아야 할 나이다. 그런데 나는 뭔가. 나라는 존재는 무언가 말이다.

할머니가 윤우에게 눈짓을 하며 일어났다. 가자는 말이었다.

윤우가 히죽 웃어 보이며 말했다.

“그럼 학교에서 보자.”

“학생, 몸 건강히 잘 지내도록 해.”

문 앞에 선 할머니에게 내가 꾸벅 절을 하자 윤우가 잡고 있던 문손잡이를 탁 놓았다.

내겐 그런 뻔뻔함이 없다

저녁은 뭘 먹을까 고민하다가 먹고 싶은 음식을 머릿속에 그려 보고 있다. 피자하고 봉골레스파게티가 제일 먼저 떠오른다. 하지만 패밀리 레스토랑에는 나 혼자 갈 수 없다.

거기엔 가족들과 같이 가거나 친구가 있어야 한다. 아니면 당차게 걸어서 혼자 들어가거나. 그러나 내겐 그런 뻔뻔함이 없다. 그러니 그런 숫기조차 없는 나 같은 애한테는 편의점 도시락이 딱이다.

그리고 불고기, 스테이크, 낙지볶음, 갈비탕, 잡채, 또 뭐가 있더라….

그런 생각들에 깊이 빠져 있다가, 문득 내 생각의 중심축이 불쑥 모연이한테로 스윽 옮겨진다.

오늘 온다고 그랬는데도 아직 별 연락이 없는 걸 보면 저녁까지도 먹고 오려나 보다.

문자 도착음이 울렸다. 들여다보니 모연이가 보낸 거다.

「저녁 먹었어?」

빛의 속도로 답장을 보냈다.

「아직」

「뭐 먹을 건데?」

「몰라, 안 정했어.」

「오, 잘됐네, ^^」

이게 무슨 얘기지?

「뭐가?」

문자를 날리고 답장을 기다리고 있는데 노크소리가 났다. 문을 열어 보니 모연이가 거기에 있다. 그런데 종이봉투 두 개를 흔들어 보이며 활짝 웃는다.

"짜잔~!"

"뭐야?"

안으로 들어선 모연이가 신을 벗고 들어왔다.

"생선초밥 좋아해?"

별안간 허기가 몰려 왔다. 생선초밥이라니…, 이게 웬 횡재야. 역시 이심전심이라고 내 간절한 마음이 모연이한테 가 닿았나 보다.

"당연하지."

모연이는 진심으로 기쁜 표정이다.

"진짜? 내가 한턱 쏘려고 부랴부랴 달려왔지. 늦어지면 네가 저녁을 먹어 버릴까 봐 얼마나 서둘렀다고."

그러면서 봉투 하나를 나한테 건넨다. 우리는 서로 마주 보고 앉아 도시락 뚜껑을 열었다. 그러고는 된장국부터 떠먹고 나서 초밥을 하나씩 입에 넣었다.

얼마 만에 맛보는 초밥인가. 꿀맛 같다.

오늘 내가 떠올려 봤던 음식들엔 생선초밥이 없었다. 하지만 거의 매 끼니를 편의점 도시락으로 사는 나 같은 아이에겐 호사 중 호사다. 입에 넣자마자 스르르 녹으면서 어느새 꿀떡 넘어가버리고 만다.

"맛있다."

모연이가 흐뭇한 얼굴로 봤다.

"정시 도착해서 정말 다행이었어. 맛있다고 하니 더 그렇고."

초밥은 새엄마가 사줬다고 했다. 모연이가 저녁에는 초밥을 먹고 싶다고 했더니 같이 가 주었고 좋은 걸로 골라줬다. 그런데 두 개를 사야 한다고 말하니 하나는 혹시 내 거냐고 물어 그렇다고 하니까 웃으면서 계산해 주었단다.

그러고는 모연이를 데려다주면서 이렇게 말하더란다.

"좋은 친구 같더라. 세상에는 친구가 많지만 좋은 친구는 귀하거든. 너를 위해 천만다행이야."

얼굴로 뜨거운 덩어리가 확 몰려든다. 나로서는 생전 처음 들어보는 찬사인데 이런 말을 내가 들어도 되는 사람인가, 하는 생각부터 든다. 이보다 더 멋진 찬사는 없을 거다.

내가 뒷머리를 긁적이며 땀을 삘삘 흘리자 모연이가 태연히 그런 나를 못 본 척하며 말했다.

"아직 따뜻하니까 어서 식기 전에 먹어. 우리 할머니가 입에 침이 마르도록 말했거든. 모든 음식은 따뜻할 때 먹어야 제 맛이라고."

그 말끝에 모연이가 이런 말을 했다. 할머니하고만 줄곧 살았고, 그래서 어른들 말에 익숙해 그런지 몰라도 어른들이 들려 주는 그런 생활 속 지혜가 참 좋단다. 우리 같은, 아직은 어린 아이들에겐, 시행착오를 안 거쳐도 되도록 해 주는 가르침이라 더 그런 거 같다고 했다.

이쯤에서 1박 2일간 다녀온 모연이의 가족 여행이 궁금해졌다.

"여행은 어땠어?"

모연이가 수줍게 웃었다.

"좋았어."

부산의 한 산속, 숲 한가운데 있는 펜션이었단다. 지대가 높아 탁 트인 유리창 너머로 파도가 철썩이는 바다가 아주 멀리까지 보이는 경치가 그만인 곳이었다. 그래서 다음에 꼭 한 번

다시 가고 싶은 곳이라고 했다.

모연이는 이번에도 모은이 얘기를 빠뜨리지 않았다.

"이틀 같이 있었는데 나랑 헤어질 때 얼마나 우는지 마음이 저렸어. 근데 우리 모은이가 말한 '눈나, 가마!' 가 무슨 뜻인지 알아?"

'눈나' 는 다들 짐작하듯 '누나' 란다. 그리고 '가마' 는 '가지 마' 라는 말을 그렇게 줄여서 발음하는 거라는데, 그 지점에서 내가 그만 빵 터지고 말았다. 그건 이제 겨우 말을 배우기 시작한 아기들이 흔히 말하는 방식이거든.

내가 아는 어떤 아기는 '할아버지' 를 '하삐' 라고 하고 '오로라' 를 '올랴' 라고 한다. 또 다른 아기는 '고무줄' 을 '고주물' 이라고 하고 '거울아' 를 '걸룰라' 라고 발음해 눈물을 질금거린 적도 있다.

모은이가 '눈나, 가마!' 라고 소리치며 우는 걸 보고 돌아서 오는 게 너무 힘들었다는 모연이 얼굴이 말과는 다르게 무척 밝다. 모연이는 그렇게 식구들 속에 녹아들고 있나 보다. 그런 느낌이 오자 나까지 흐뭇해진다.

식사가 끝났을 때 모연이가 조금 머뭇거리며 말했다.

"실은 나 옷하고 책가방 가지러 여기 잠깐 들렀어. 짐 챙겨 놓고 전화하면 아빠하고 새엄마가 날 태우러 다시 올 거야."

두 분은 지금 부근 어딘가에서 저녁식사를 하면서 모연이를 기다리고 있을 거라 했다. 그리고 오늘 아빠 집으로 가면 수요일에 돌아올 거란다. 이런 결정을 내린 데에는 모은이가 큰 역할을 했다.

모연이랑 안 떨어지려고 고사리 같은 손으로 옷을 움켜잡고 우는 걸 보고는 마음이 움직였는데, 그 참에 아빠 집에서 한 며칠 더 지내면서 함께 살 건지 어쩔 건지를 정하는 거도 괜찮다는 생각에 그렇게 하기로 했단다.

무안한 듯 모연이 얼굴이 살짝 붉어졌다.

"나, 너무 급히 서두르는 거 아니지?"

내가 정색하며 대답했다.

"서두르긴 뭘? 계약 종료가 코앞인데 하루라도 빨리 맘을 정해야지. 잘했어. 그러니까 그런 염려는 마."

씩 웃으며 빈 도시락을 정리하던 모연이가 얼굴을 반짝 들고 나를 봤다.

"왜 소설가가 되고 싶어?"

얘는 참 느닷없이 훅 들어오는 데 뭐가 있다. 전원이라도 들어오듯 금세 얼굴이 빨개지고 만다.

"캑캑, 콜록콜록~!"

놀라 사레가 들려 버렸다. 모연이가 달려가 종이컵하고 콜라를 가져와 따라줬다. 몇 모금 마시고 나자 겨우 진정이 된다.

너무 창피하다. 내 체면이 말이 아니다. 그러나 이런 상황에서도 당당해 보이는 게 낫겠지. 나는 모연이 남자, 사람, 친구 아니겠는가. 그렇다면 자신 있어 보여야 한다.

얼굴에 열기가 여전히 느껴지지만 허리를 쭉 폈다. 그러고는 모연이를 똑바로 쳐다봤다.

“소설가가 되면 존경받을 수 있지 않을까, 해서. 음, 꼭 존경이 아니어도 좋아. 존중받을 수는 있을 거니까.”

모연이가 생긋 웃었다.

“글이 너무 좋던데 공모전에는 내 봤어?”

그랬구나. 역시 그랬어. 그때 내 소설을 읽었었던 거야. 읽고 나서 얼마나 나를 비웃었을까.

부끄러웠다. 말은 저렇게 해도 속으로는 내 소설을 하찮게 생각하고 있는지도 모른다. 사람을 앞에 놓고 별 볼 일 없더라는 말을 할 수는 없을 거잖아. 나라도 그럴 거다, 아마.

그사이 어느 정도 가라앉았던 내 얼굴빛이 또다시 점점 붉어지는 게 느껴졌다. 더 이상 빨개지지 않으려고 이를 악물고 고개를 강하게 가로저었다.

“아니, 그런 적 없어.”

모연이가 슬며시 자리에서 일어났다.

“가야겠어. 짐을 꾸려야 되거든.”

“응.”

모연이가 나가고 나자 콜라 두 잔을 연달아 마셨다. 그제야 가슴이 뻥 뚫린다. 차가운 음료라 그런지 타버릴 거 같이 뜨겁던 얼굴하고 목덜미도 식는 거 같다.

콜라를 냉장고에 갖다 넣고 돌아와 벽에 기대앉았다.

- 글이 너무 좋던데 공모전에는 내 봤어?

모연이가 했던 말이 이명처럼 귀에 맴돈다.

공모전에 내 본다…. 그게 정말 될까? 내 실력으로 말이다. 공모전 수준을 알아보려고 여러 사이트를 돌아다니며 당선작들을 읽어 봤었다. 그런데 에잇, 이 정도야 나도 쓰지, 했다가 와, 이 정도라면 난 예심에서 잘리고 말겠어, 하며 우울해하곤 했다.

생각해 보면 될 듯도 해 기분이 좋았던 적보다는 안 되겠다는 판단이 설 때가 많았다. 그러니 내가 어떻게 선뜻 내 소설을 심사위원들 앞으로 자신 있게 보낼 수가 있었겠어.

좀 더 많이 읽고 조금 더 실력을 쌓자. 그런 다음 평가를 받아도 늦지 않을 거다. 고등학교 2학년이나 3학년 정도가 된 때를 그 시기로 잡자. 앞으로 2년이나 3년을 더 정진하는 거니 그때는 지금보다 실력이 꽤 늘어 있을 테지.

내가 만들지 않은 인생은 없다

새로운 소설을 시작했다. 이번 소설의 소재는 전생과 환생에 관한 이야기다. 제목도 미리 정했다. '나의 아주 오래된 비밀' 이다. 전생과 환생에 대해 쓰려면 먼저 최면에 대해 알아놓아야 한다.

인터넷에서 최면, 최면치료에 관한 자료를 찾고 있는데 옆방에서 소리가 났다. 청소기 돌리는 소리가 나고 물건을 이리저리 옮기는 소리도 났다. 생각해 보니 아까부터 설거지하는 소리, 사물함 문 여닫는 소리가 났었다.

옆방은 302호이고 아저씨가 사는 방이다. 내가 아는 바로는 아저씨는 지금 5일째 병원에서 입원 중이다. 그런데도 저런 소리가 나는 건 누군가가 저 방에 있다는 얘기 아닌가.

퇴원이라도 하셨나? 그런 생각을 하고 있는데, 마침 옆방 문이 열리면서 무언가 무겁고 큰 짐을 연달아 끌어내는 소리가 났다. 얼른 밖으로 나가봤다. 아저씨가 맞았다. 오늘 퇴원한 모양이었다.

어찌나 반가운지 종종걸음으로 다가갔다.

"아저씨!"

아저씨도 환히 웃으며 손을 번쩍 들었다.

"허허!"

"퇴원하셨어요?"

좀비랑 다를 바 없었던 아저씨 얼굴에 생기가 돌고 얼굴빛도 많이 맑아져 있다. 며칠 사이에 사람이 이렇게 말끔해질 수 있나 싶어 아저씨 얼굴을 뚫어지게 살피자 아저씨가 쑥스러운지 내 눈길을 피했다.

"그렇습니다, 은인님."

'은인님' 이란 말을 들으니 창피했다. 누구라도 그런 상황이었다면 나처럼 당연히 그랬을 거다.

"청소 중인가 봐요."

집 안에 쌓아두었던 술병, 박스들, 각종 버려야 할 물건들이 산더미같이 밖으로 나와 있다.

"맞아, 모처럼 대청소 중이었어. 그런데 잘됐다. 안 그래도 청소 끝나면 널 부르려던 참이었거든. 거기서 잠깐만 기다려 봐."

내가 어정쩡하게 선 채로 보니, 아저씨는 방에서 가져 나온

폐품들을 내 방과 아저씨 방 사이 벽에 일단 붙여 세워 놓았다. 아마 나중에 1층으로 옮기려는 거 같았다. 일단 정리가 끝나자 아저씨가 따라오라는 손짓을 하며 방으로 들어갔다.

먼저 들어섰던 아저씨가 커다란 꽃다발을 보여주며 자랑스레 웃었다.

"오늘 퇴원할 때 우리 딸이 준 꽃이야. 어때, 예쁘지?"

장미와 리시안셔스, 백합으로 만든 꽃다발이었는데 정말 아름다웠다.

"예뻐요. 이렇게 멋진 건 처음 봐요."

아저씨가 흐뭇하게 웃으며 꽃다발을 책상 위로 내려놓았다. 그러고는 손으로 자꾸 꽃을 쓰다듬었다. 마치 사랑하는 딸의 뺨이라도 되는 거처럼.

"그렇지?"

"예."

그러면서 방을 둘러봤다. 아저씨 방은 벽 두 면이 전부 책으로 덮여 있다. 그러니까 아저씨 방은 책 밖에 없는 거 같다. 아주 깜짝 놀랐다.

언뜻 머릿속에 떠오른 건, 이렇게 많은 책을 사려면 얼마나 많은 시간과 돈이 들었을까, 하는 거였다. 그리고 이 책을 다 읽기는 했을까, 또 읽었다면 머리에 남아 있는 건 얼마나 될까, 하는 생각이었다.

늘 성인군자나 철학자같이 말을 하더니, 그게 다 이 책들에서 읽은 내용이었던가 보다. 아저씨가 달리 보였다. 술만 먹고 술 냄새만 풍기고 다니는 그저 그런 사람으로 알았는데 그동안 내가 사람을 잘못 본 거다.

"앉아. 그렇게 서 있지만 말고."

벽에 등을 붙이고 앉았다. 아저씨가 주방에서 무언가를 들고 와 내 앞으로 앉더니 우리 둘 사이로 그걸 내려놓았다.

"내가 아직 위 상태가 안 좋아 밥을 못 먹거든. 한동안은 무슨 죽이든 죽을 먹어야 돼. 그래서 전복죽 사면서 너랑 같이 먹으려고 하나 더 사왔잖아. 같이 먹자. 괜찮지?"

"좋아요."

생각도 못 했었는데 오늘 저녁은 전복죽이다. 죽을 좋아하는 편은 아니지만 그래도 전복죽 아닌가. 어디로 보나 편의점 도시락 보단 나을 거다. 요즘 어쩐 일인지 나한테도 행운 비슷한 일들이 찾아들고 있다. 그럴 때마다 설렘과 두려움이 교차한다.

"저녁이 좀 이르긴 하지만 뭐, 그래도 나중에 정 배고프거든 과자라도 하나 먹어."

"이거면 돼요."

아저씨가 죽 포장 뚜껑을 열어 내게 먼저 주고 나서 아저씨 몫도 열어 먹기 시작했다.

내가 먹는 걸 보면서 아저씨가 그동안 있었던 얘기를 들려줬다.

“이제 한 번만 더 이런 일 생기면 그땐 다신 날 안 보겠다 그러더라.”

빈말이 아닌 거 같더란다. 그래서 아저씨가 손이야 발이야 빌었다고 했다. 사실 그동안 딸에게서 온 어떤 연락도 일절 받지 않았던 건 금주 약속을 못 지킨 게 너무 부끄러워 그랬던 거였다. 문자 오면 문자 받고 전화 오면 전화 받겠다고 굳게 맹세했다고 했다.

의사의 선고도 있었고 아저씨 건강을 위해, 그리고 세상에서 제일 사랑하는 딸과 오래도록 함께하기 위해서라도 이젠 진짜 부끄럽지 않은 아빠가 되려고 한다고 말했다.

죽을 다 먹고 방을 나서려고 하자 아저씨가 책 한 권을 내밀었다.

“선물이다.”

제임스 도티라는 작가가 쓴 ‘닥터 도티의 삶을 바꾸는 마술가게’ 라는 책이다. 환상적인 분위기의 한 소년 그림이 표지 전체를 차지하고 있었다. 그 소년 그림 아래의 글귀가 내 심장을 미친 듯 뛰게 만들었다.

- 지금이라도 내 삶의 방향을 바꿀 수 있을까?

나는 얼른 받아들었다. 내게 꼭 필요한 책인 거 같았다. 그래서 그런지 책이 손에 닿는 순간 알 수 없는 어떤 우주의 큰 기운이 내 몸으로 쑥 들어오는 거 같다.

"감사해요, 아저씨."

아저씨가 고개를 가로저으며 미소 지었다.

"아니야, 내가 감사하고 고맙지. 그런데 이 책 말이다. 꼭 한 번은 읽어 봤으면 하는데 그럴 거지?"

진심을 담아 고개를 끄덕였다.

"예, 읽을 거예요. 이 책 진짜 마음에 들거든요."

아저씨가 내 어깨를 토닥거렸다.

방으로 돌아와 선물 받은 책을 펼쳤다. 첫 페이지에 몇 줄의 메모가 적힌 포스트잇이 붙어 있다.

> 내가 만들지 않은 인생은 없다.
> 다만 행복한 이는 행복하기를,
> 불행한 이는 불행하기를 선택했을 뿐이다.
> (앤디 앤드루스)

이 글을 읽는데 짜릿한 전율이 흘렀다. 아저씨는 내 삶을 모른다. 아저씨가 자신의 얘기를 할 때도 나는 그냥 듣고 있기만 했지, 내 얘기는 하지 않았다. 그런데도 아저씨는 왠지 내 삶을 꿰뚫고 있었다.

역시 아저씨는 철학자였다. 내가 만든 불행한 인생의 굴레에서 벗어나 행복한 인생을 선택하라는 메시지를 나한테 전하고 싶었나 보다. 가슴이 벅차오르면서 눈물이 찔끔 난다.

아저씨가 준 닥터 도티의 삶을 바꾸는 마술가게를 펼쳤다. 책을 소개하는 글이 제일 먼저 나타났다.

- 꿈 없는 소년에서 스탠퍼드 신경의학자로, 삶의 방향을 선택하는 마술을 배우다!

첫 장을 펼치자마자 나는 이 책에 매혹되고 말았다. 나랑 처지가 매우 비슷했던 한 소년이 마법과도 같은 어떤 일을 계기로 끝을 알 수 없는 터널에서 빠져나와 삶의 방향을 바로잡게 되는 내용이라는 게 단번에 느껴졌다.

그렇다면 나는 이 책부터 지금 당장 읽어야겠다. 눈물을 손등으로 닦아내며 두 번째 장을 넘기는데 문자가 왔다. 모연이 문자였다.

「나 네 방문 앞인데 잠깐 볼 수 있어?」

문을 여니 모연이가 안으로 쓱 들어왔다. 그런데 짐 같은 건 없고 맨몸이었다.

"이제 온 거구나. 저녁은?"

모연이가 조금 어색하게 웃었다.

"먹었어. 근데 나 짐 가지러 여기 잠깐 들른 거야. 이제부턴 아빠네서 살려고…. 지금은 우선 급한 거만 싸가고 나머지는 주말에 다시 와 전부 챙겨갈 거거든."

그래서 부자연스러워 보였구나. 스스로 생각해도 너무 진도가 빠르니까 나 보기가 좀 민망했던 모양이네.

내가 활짝 웃으며 다가섰다.

"진짜 잘 됐다. 내가 좀 도와줄까?"

모연이가 손을 내저었다.

"아냐, 아냐. 얼마 안 돼."

그러고는 방 안으로 들어와 방바닥에 털썩 앉았다.

"안 가? 어서 가야지."

모연이가 방바닥을 가리켰다.

"알았어. 갈 거야. 하여간 일단 앉아 봐."

얘가 오늘 참 이상하다. 말도 그렇고 행동도 그렇고. 수상한 점이 한두 가지가 아니다.

앉으라니 앉았다. 그러고는 무슨 일인데 그래? 하는 얼굴로 모연이를 봤다.

"실은 오늘이 내 생일이거든. 근데 나 너한테 선물 받고 싶어. 못 받으면 너무너무 억울할 거 같단 말야. 내가 내 생일날을 말해준 적 없는 건 나도 알아. 그래도 너 몰랐잖아, 그치?"

나는 깜짝 놀랐다. 생일이라는 데 놀랐고 말도 안 해 놓고 선물을 받고 싶다는 데 또 한 번 놀랐다. 어찌 됐든 죄의식이 파도처럼 밀려와 순식간에 나를 잠식해 버리고 만다. 나도 모르게 쩔쩔매게 된다.

"으응, 그렇구나. 그러면…, 어떡해야 되지?"

모연이가 씨익 웃었다.

"그럼 초코파이 가진 거 있어? 그거라도 하나 줘. 네가 준 생일 케이크로 생각할게."

무슨 소린지 모르겠다. 초코파이는 뭐고 생일 케이크는 또 뭔가. 도무지 연관성이 없어 보이는데 말이다.

그렇지만 모연이가 먹고 싶다지 않은가. 당장 케이크는 못 사와도 편의점에 가면 초코파이쯤은 살 수 있다.

"아무리 그래도 그런 걸로 되겠어? 그래도 네 생일이잖아."

모연이가 손바닥을 펴 내 앞으로 내밀었다.

"괜찮아. 그러니까 있으면 빨리 줘."

자리에서 벌떡 일어났다.

"진심이야?"

"응."

"그럼 사올게. 사둔 건 없거든."

"그래? 그럼 오케이."

도통 알 수 없는 게 여자아이 마음이다. 내가 잘하고 있는 건지 못하고 있는 건지 모르겠다.

나는 알 수 없는 표정으로 나를 보고 있는 모연이을 뒤로하고 방을 나와 계단을 뛰어 내려갔다.

잘 살아남을 이유

따끈한 코코아를 마시고 있다. 11월 하고도 중순이니 어느새 콜라보다는 이런 따뜻한 음료가 더 끌린다.

단편소설 '나의 아주 오래된 비밀' 이 겨우 완성됐다. 이번 소설은 쓰는 데 시간이 많이 걸렸다. 전생과 환생을 소재로 한 소설인데, 패기와 열정 하나로 시작하고 보니 나의 경험과 역량이 심히 부족하다는 걸 알게 돼 나 자신에게 엄청 실망하고 말았다.

그래서 중간중간 글쓰기를 중단하고 많은 고민을 했었다. 그렇게 시간이 흐르다 보니 차츰 문제가 해결되었고 드디어 끝을 보게 된 거다.

이 소설은 전생에 부부였던 남녀가 남녀 공학 고교의 친구 사이로 만난다는 내용으로 구성돼 있다.

내용이 좀 식상한가. 아니면 너무 엉뚱한가. 이런저런 생각을 하고 있는데 전화가 울렸다. 모연이었다. 꽤 오랜만에 전화를 걸어왔다.

모연이 목소리가 하이톤이다. 무슨 좋은 일이라도 있나.

"그동안 잘 있었어?"

그런데 목소리에서 아주 미세한 떨림이 느껴진다. 어떤 놀랄 만한 일을 감추고 전화할 때의 긴장감 같은 거 말이다.

분명 기쁜 일이 생긴 거야. 그걸 나한테 말하려고 전화한 거고. 뿌듯했다. 나를 진정한 친구로 생각하고 있다는 증거 아니겠는가.

"너 좋은 일 있구나?"

모연이 목소리가 점점 더 떨려 나왔다.

"맞아, 근데 그 좋은 일이 내 일이 아니고 네 일이야. 바로 민경온 너의 일."

얘가 지금 무슨 소리 하는 거야. 설마 날 놀리는 건 아닐 테고. 나 같은 애한테 좋은 일이 생길 거리가 어딨다고 이런 말을 해. 어쨌든 들어 보자. 진짜인지 아님 재밌으라고 그래 보는 건지.

"나 민경온한테 좋은 일이라고? 에이, 그건 아니지. 나란 애한테는 좋은 일 따윈 절대 안 생겨. 아니, 생길 수가 없어. 그건 너도 알잖아. 그러니까 농담이라도 그런 소린 마. 나 괜히 설레려고 하니까."

진심이었다. 모연이가 던진 그 한마디에 자꾸 가슴이 벌렁거리고 숨이 답답해지고 있거든. 그럴 리가 없다는 걸 뻔히 알면서도 말이다.

모연이가 정색하며 말했다.

"진짠데…."

숨이 턱 막혔다. 이 정도로 말하는 거라면 얘 말이 거짓은 아닌데. 궁금하다. 미칠 듯이 알고 싶다.

"진짜라고, 그게 뭔데?"

"네 소설 '안녕, 내 친구 사막여우'가 '태산청소년문학상' 최우수상에 선정됐어."

머릿속에서 갑자기 위잉~ 하고 청소기 도는 소리가 났다. 눈앞에 노란 벌집 모양 형상이 아른거리며 정신이 어찔했다. 잠깐 비틀거린 거 같다.

정신을 차려야 한다. 말은 들어 봐야 할 거 아닌가. 도대체 이게 무슨 소린지 말이다.

"태산청소년문학상에 왜 내 소설이 선정돼?"

그 말 한마디를 하는데, 거미가 입에서 줄을 뽑아내듯 억지로 말을 끄집어 당겨 내야만 할 정도로 나는 완전히 얼이 빠져 있었다. 그게 사실이라면 너무도 놀랍고 기쁜 일이지만, 내가 내지도 않은 소설이 거기에 선정됐다니 이게 말이나 되는 일인가.

"오늘이 발표날이었는데 조금 전에야 내가 그 공고를 보게 됐거든. 근데 정말 됐더라고."

모연이가 저간의 사정을 들려줬다.

쓸데없는 전화나 문자가 자꾸 와 며칠 전부터 전화기를 꺼 놓았다고 했다. 그런데 문득 오늘이 발표일이라는 게 생각나 전원을 연결했더니 수많은 전화와 문자가 와 있었단다.

문자를 통해 수상자로 선정된 걸 알고 나서 관련 공고를 찾아들어 갔더니, 거기에서 내 이름과 수상 정보를 확인할 수 있었고 바로 나한테 전화한 거란다. 그러면서 전화기만 안 꺼놨으면 하루라도 빨리 이 놀라운 소식을 전할 수 있었을 텐데, 하며 탄식했다.

알겠는데, 다 알아듣겠는데, 내가 응모하지 않은 내 소설이 어떻게 선정된 건지부터 말해 줘야 되는 거 아닌가. 이제는 막 화가 나려고 했다. 그래서 내 목소리가 좀 뾰족해졌나 보다.

"근데, 근데 왜 내 소설이 거기서 나오느냐고!"

기가 폭 죽은 모연이가 기어 들어가는 목소리로 말했다.

"어, 그거? 음, 미안해. 미리 얘기하면 절대 안 된다며 펄펄 뛸 거 같아 그랬던 건데, 그러니까 너한테는 말을 안 하고 내가 네 소설을 한 번 거기에 내 본 거였거든."

이제야 알겠다. 나 대신 모연이가 내 소설을 응모했던 거였어. 써 놓기만 하고 남들 앞에 내놓으려고 하지 않는 내가 답답해진 모연이가 나 몰래 그런 일을 벌인 거였구나.

"네 생일이라고 그랬던 날, 그날 가져간 거야?"

"맞아."

어쩐지 이상하다 했었다. 그날따라 말도 그렇고 행동도 그렇고 수상한 점이 한두 가지가 아니다 싶었는데, 그런 일을 계획하고 있었던 거였어.

그제야 모든 일이 퍼즐 맞추듯 이가 딱 맞게 돌아갔다.

"날 편의점에 보내놓고, 그 다음엔 어떻게 한 거야?"

"복사해 가려고 미리 USB 가져갔거든. 거기 넣어 와 응모해 본 거지. 연락처는 내 거로 해놓고. 근데 화났어?"

노놉, 화도 어느새 가라앉았고 마음도 이미 평온해져 있다. 내가 왜 화를 내겠는가. 내가 못 하는 일을 내 친구 모연이가 해줬는데 말이다.

나라면, 내가 응모해야 한다면 언제 하게 될지 모르는 일이다. 어쩌면 결국 응모 따윈 물 건너가는 일이 돼 버릴지도 모른다. 다음에, 내년에, 좀 더 실력을 닦아서…, 하며 죽을 때까지 그러고 있을 거 같다. 그런데 왜 이 일에 내가 화를 내겠는가.

"아냐, 아냐. 뭔가에 선정됐다 그랬지. 최우수상?"

"응, 최우수상인데 중학생으로서는 최고상이야. 그 바로 위가 대상인데 그 상은 고 3 학생이 받았어. 그러니까 네가 너무

너무 대단한 거라고."

모연이가 울먹였다. 나도 눈물이 핑 돌았다. 가슴 저 깊은 밑바닥에서 뜨거운 게 뭉클 솟아 올라왔다.

"고맙다, 내 소설 좋게 봐 줘서. 그리고 응모해 줘서. 이 일은, 그런 상에 내가 선정이 됐다는 건, 나한테는 진짜로 중요한 일이거든."

눈물이 앞을 가리고 목소리가 떨려 나와 더 이상 말을 이을 수가 없다.

모연이는 역시 추진력 짱이었다. 나하고는 클래스가 다른 아이이다. 정말 배울 점이 많은 진정한 내 베프다. 친구인 나의 약점을 진즉에 파악해 버린 놀라운 눈썰미에 혀를 내두르겠다.

"네 소설이 좋아서 그런 건데, 뭐. 숨겨 두고 너만 보기엔 너무 아까운 작품이었어. 축하해요, 소설가님."

"야, 소, 소설가님은 무슨…!"

내가 울고 있다는 걸 눈치 챘던가 보다. 모연이가 말을 서둘러 마무리했다.

"네가 진심으로 자랑스러워. 하여튼 자세한 건 인터넷으로 태산청소년문학상 관련 공고 찾아 봐. 참, 그리고 말이야. 네 이모한테는 꼭 이 소식 알려드려야 한다, 내 말 알지?"

그러고는 전화가 바로 끊겼다.

나는 곧바로 그 사이트에 접속했다. 정말 내 이름이 최우수상 수상자란에 못 박혀 있다. 이름 옆으로 지역, 학교, 학년이 나와 있다. 빼도 박도 못 할 내가 맞다. 울음이 툭 터져 나왔다.

- 축하해요, 소설가님.

모연이가 했던 말이 귓가에 맴돌았다. 한참을 울었다. 그러고 나니 속이 후련하다.

소설가, 뭐, 그거 별거 아니네. 이렇게 되는 걸, 난 겁만 내고 있었다. 나하고는 거리가 먼 안드로메다 별 이야기로만 생각했다.

지금까지 나는 내가 하는 일은 모두 실패할 거라고만 여겨 왔다. 그런데 그게 아니다, 아니었다. 그냥 스스로 미리 포기하고 발전을 향해 조금도 나아가지 않았던 거에 불과했다. 오늘의 결과가 그걸 증명해 주지 않는가. 그 틀, 껍질을 모연이가 깨뜨려 줬다.

모연이가 고전동화에 갇혀 새엄마를 편히 받아들이지 못했던 거처럼, 나도 미신적 예언에 갇혀 내 미래가 암울할 거라는 말을 운명처럼 고스란히 받아들여 왔었다. 부딪히고 저항해 볼 생각조차 안 해 봤다.

하지만 나는 이제 소설가의 길로 첫 발을 내디뎠다.

내가 만든 불행한 인생의 굴레에서 벗어나 행복한 인생으로 나아갈 터닝 포인트에 드디어 도달한 건가. 나란 어리석고도 어리석은 애가 말이다.

생각해 보면, 나와 가까운 사람들은 모두 불행해질 거라고 믿어왔던 거도 나의 기우에 불과했던 거 같다. 얼마 전부터 내 주변 사람들이 다들 제자리를 찾아가고 있으니까.

모연이는 우여곡절을 겪었지만 제 길을 찾았고, 윤우도 복잡한 사정이 있었지만 방황을 접었다. 더 두고 봐야겠지만, 아저씨 또한 그만하면 마음을 다잡고 새로운 삶을 살아나갈 거니 잘된 일이다.

그리고 무엇보다 지금까지 내가 소설가가 되려고 했던 건 '잘 죽기 위한 일' 이었지만, 이젠 '잘 살아남을 이유' 가 될 수 있을 거 같다.

닥터 도티의 삶을 바꾸는 마술가게에서 읽은 감명 깊은 말이 생각난다.

- 우리 중에 완벽한 삶을 타고나는 사람은 아무도 없습니다.

나는 이제 이 말을 믿는다. 완벽한 삶을 타고난 사람은 없지만, 완벽한 삶을 향해 한 발 한 발 꾸준히 나아가는 사람이 거기에 다다를 수 있다.

불현듯 엄마가 떠오른다.

- 엄마는 내 인생을 망쳤어요. 두 번이나 망쳐버렸다고요.

그 말을 내질렀을 때 엄마가 얼마나 당황해했던가. 세상이 무너져 내린 듯 망연자실한 얼굴로 나를 봤었다.

무슨 뜻이냐고 물었었지만 나는 끝끝내 답변하지 않았다. 그러니 아직도 엄마는 내 어떤 인생을 어떻게 두 번씩이나 엄마가 망쳤는지 모르고 있을 거다.

처음으로 엄마를 위한 눈물이 흐른다. 단지 엄마만을 위해….

엄마라고 내가 그런 인생을 살길 바랄까. 그건 아니지. 엄마는 단지 걱정이 됐을 거다. 그리고 당시에 엄마가 무심코 했던 그 말을 내가 우연히 들었던 거다. 엄마한테 죄가 있다면 좀 부주의했다는 거, 그 정도 아니겠는가.

모연이가 했던 말도 귓전에 아른거린다.

- 네 이모한테는 꼭 이 소식 알려드려야 한다, 내 말 알지?

내가 그동안 이모에게 전화한 건 통틀어 몇 번 안 된다. 원룸을 계약했던 때, 학교에서 부모님과의 상담이 있었던 때, 그런 때만 연락해 도움을 받았었다. 아직은 내가 보호자가 필요한 나이 아닌가.

하지만 이 소식을 이모한테 알려야 할까?

음…, 고민을 좀 해 봐야겠다.